CORDELIANA

OU

LE RECUEIL

DES ACTIONS ET AVANTURES

DU NOMMÉ

CORDEIL

Natif de Toulon en Provence.

DIRECTEUR DES ARTS

ET MÉTIERS

A BOURGES

A AMSTERDAM,

Chez ISAAC BRAAKMAN, dans le Kalver-Straat
prés le Dam, à la Sphere.

M. DC. XCVIII.

AU LECTEUR.

IL n'eſt point neceſſaire de donner au Berry de Preface pour l'intelligence de la verité de cette Piece, puiſque c'eſt dans cette Province que toutes les Scenes que je repreſente, ſe ſont paſſées, & que tout le monde y reconnoîtra Cordeil au premier coup d'œil ; & ie me flate par avance, que de quelque peu de merite qu'elle ſoit, on me ſçaura bon gré d'avoir pris la querelle publique, & de faire un ſujet de Comedie & de divertiſſement a tout ce Peuple, de la matiere même de ſa déſolation, & de ſes perſecutions. Mais comme ce petit Ouvrage paſſera la Province il eſt à propos d'aſſurer les étrangers qui le liront ; & qui pourroient le prendre pour un Roman, ou quelque Hiſtoire faite à plaiſir ſur l'idée d'un pur chimerique, d'un extravagant achevé, d'un hableur en titre, & d'un pillard de profeſſion, que tous les faits & les avantures qu'on rapporte icy, ſont dans le fond tres veritables ; qu'il n'y a rien de figuré que ce à quoy la regle du Vers. la neceſſité de la rime, & le ſtile de la Poëſie aſſujettit. & que les incredules pourront en eſtre certifiés par toutes les perſonnes citées dans l'ouvrage, & aux apoſtilles qu'on a miſes. pour rendre intelligible ce qui paroiſtroit obſcur à ceux qui ne ſçavent pas les choſes d'origine

Au reſte tous ceux qui s'y voyent, ne doivent nullement ſe formaliſer de tout ce qu'ils trouveront ſur leur compte. c'eſt Cordeil qui parle ; & comme l'unique objet de ceux qui ont fait travailler à ſa Satyre. a eſté de venger tous ces Meſſieurs de l'indignité avec laquelle il les a traités, en ſe vantant par tout de les faire tous revoquer quand il voudroit & d'avoir tous leurs Emplois : Il a fallu le prendre par l'endroit qui le rend plus ridicule & plus inſuportable. & qui fait connoiſtre plus ſenſiblement ſes chimeres & ſes extravagances ; & c'eſt ce

qu'on a fait en copiant fidelement tous ses insolens discours, & mettant seulement en Vers les Memoires qui
ont esté fournis, qui estoient si bien détaillés, & si bien
conçûs, que toute la Piece ne coûte à l'Autheur que les
rimes. Elle aura beaucoup plus d'agrément à Bourges &
dans la Province, où l'on a la clef de tout ce qui paroist,
& où l'on verra les caracteres de tous ceux qui y sont re-
presentés, que par tout ailleurs, où l'on ne poura en a-
voir qu'une grossiere intelligence; aussi c'est veritablement
pour le Berry qu'elle est faite.

Il ne faut pas la regarder comme une Piece regulie-
re & polie, mais comme une Turlupinade à faire rire
pendant le Carnaval; il y a même plusieurs termes assez
impropres, mais puisqu'on copie fidelement Cordeil, il faut
le faire parler son propre langage, & le peindre dans son
pur naturel, comme fait un peintre qui represente des objets difformes.

L'avis qu'on donne icy en ami à ce Cordeil, est de
prendre comme il faut ce petit Poëme, & d'imiter la sage conduite de tant de gens incomparablement au dessus
de luy, qui ont avallé, sans dire un seul mot, le poison des Satyres où ils étoient tout de leur long; qu'il
s'en fasse une matiere à reformer ses mœurs, & à repri-
mer ses extravagances & ses hauteurs : car s'il fait le
fier & le fendant, à son ordinaire, qu'il s'attende à
coup seur de voir encore en bref éclore un millier de Vers
sur certains nouveaux memoires qui ont esté fournis a-
pres l'impression de la Piece, qui donnent à l'Auteur une
ample matiere d'étendre son Ouvrage.

CORDELIANA,

OU

LE RECUEIL

DES ACTIONS ET AVANTURES

DU NOMMÉ.

CORDEIL,

Natif de Toulon en Provence.

DIRECTEUR DES ARTS ET METIERS

A BOVRGES.

Divisé en six Chants.

CHANT PREMIER.

Qvelque peu de penchant que j'aye à la Satyre,
Ie sens un feu secret qui me force d'écrire,
Et de representer aujourd'huy dans mes Vers
Le plus sot animal qui soit dans l'univers;
Qui ramasse en luy seul toute la perfidie
De la Provence entiere, & de la Normandie :
Vn celebre poltron qui se pique de cœur,
Vn parfait ignorant qui fait le grand Docteur;
Vn faquin qui se dit le fils de la Fortune,
Et se croit tous les iours Empereur dans la Lune
Muses, inspirez-moy d'assez vives couleurs,

Pour peindre au naturel ce Maiſtre des Hableurs,
Et donner au Berry le portrait veritable
Du Tyran alteré qui l'opprime & l'accable
   Ce ſot original, ce ridicul obiet
Iadis reçût le iour d'un pere aſſez abject,
Qui cependant prit ſoin d'elever ſon enfance,
Pour faire de ce fis un homme d'importance,
Et ne pas negliger les premices d'un Sang
Qu'il ſe flate de voir un iour dans un haut rang.
   Sitôt qu'il eut atteint un age raiſonnable,
Ce pere s'efforça de le rendre capable,
De pouſſer ſa fortune aux degrés les plus hauts,
Et d'aſpirer ſans crainte aux Emplois les plus beaux.
   A l'age de dix ans il le mit aux Etudes,
Mais avec tous les ſoins & les inquietudes
Dont il le fit toûjours veiller ſoir & matin,
On ne luy put fourer un ſeul mot de Latin.
Ce ſignalé Butor ne pouvoit rien comprendre,
Et perſonne jamais ne put luy rien apprendre :
Ce bon homme en verſoit tous les iours mille pleurs ;
Mais voyant tant de gens au faîte des grandeurs,
Qui ne ſçavoient Latin, ny Grec, ny Poëſie,
Il luy vint dans l'eſprit une autre fantaiſie :
Sçachant que l'Ecriture étoit fort de ſaiſon,
Que pluſieurs par leur main faiſoient bien leur maiſon,
Il eſt content s'il peut apprendre à bien écrire,
Mais il y perd ſon temps ; tout le fruit qu'il en tire,
Eſt qu'il ſçait ſeulement tant ſoit peu griffonner.
   Ce pauvre pere alors voulut l'abandonner,
Et ne voyant en luy preſque plus d'eſperance,
Il penſa ſans façon le roſſir d'importance.
Cependant comme il voit des Patius aux Barreaux,
A l'Hoſtel de Charny des Fermiers Generaux,
Dont à peine peut-on lire la ſignature,
Il ne perd pas l'eſpoir de ſa grandeur future;

Il a dans quatre iours rempli toute la Ville
Du bruit de son grand nom, des biens de sa Famille;
S'il est Commis, du moins il est independant,
Il n'a pris de l'employ qu'à son corps defendant,
Et pour faire plaisir à quelques Gens d'affaires,
Dont il en a reçû de tres-humbles prieres :
Dans trois mois, au plus tard, il quitte le Berry,
On va lui faire expres un Employ favory ;
Semblable à nos Cadets qu'on instruit dés l'enfance,
* Afin d'en faire un iour des Maréchaux de France;
Les Arts & les Métiers sont le premier canal,
Pour faire de Cordeil un Fermier General.

Voila, pauvre étourdi, la plaisante chimere,
Qui fit connoistre icy d'abord ton caractere,
Car à Bourges, crois-moy, l'on entend le gascon,
Et l'on n'avale pas aisément le gougeon :
Tout le monde a iugé iuste sur ton chapitre,
On t'a pris à tes airs pour un gascon en titre,
Vn asne par nature, & pour un grand menteur;
Mais marchons nôtre route, & suivons nôtre Autheur.

Ce riche Directeur, cet homme magnifique
Choisit pour se loger une Arriere-Boutique,
Qu'il ascense à vil prix d'un certain Chapellier,
Qui par ses airs railleurs d'abord sçut le lier.

Le prix fait, sur le champ le vin fut mis sur table,
L'hoste qui se voulut rendre recommandable,
Apporta pour son plat un ragoût de mouton,
Que noftre Directeur trouve à son goût si bon,
Qu'il se resout déssors d'estre Pensionnaire
Du Chapellier bouffon & de la Chapelliere;
Enfin en bouffonant & pintant tour à tour,

* Cordeil dit pendant un an qu'on lui avoit donné la
Direction des Arts & Metiers, pour devenir Fermier Ge-
neral, comme on instruit les Cadets, pour en faire des
Maréchaux de France.

Le marché fut conclu pour douze fols par iour,
A charge toutesfois de marquer à la taille,
Lorfque chez fes amis il fera la ripaille,
Et d'en diminuer la moitié par repas,
Avertiffant duëment qu'il ne foupera pas ;
A l'égard du diner, il n'en eft pas plus quitte,
Car foit qu'il vienne, ou non, on a mis la marmite,
Et l'on fit ce traité, dont il eut quelqu'ennuy,
Que fon affiette doit toûours diner pour luy.
Sitoft qu'il fut entré dans cette Auberge heureufe,
Il exalte par tout fa Cuifine pompeufe :
La foupe de Gabard fi vantée en tous lieux,
N'a pas un fuc fi fin, ny fi delicieux.
On y boit reglement le Vin de Saint Ouchart,
Dont Lacire avoit fait provifion d'un quart ;
C'eft une bonne féve & des plus renommées,
Qui iamais au cerveau ne porte de fumées.
Il eft dans cet hôtel fatisfait comme un Roy,
Il n'en fortira pas tant qu'il aura l'Employ.
Il invite le monde en fon affreufe Grotte,
Il fait à quelqu'amis tâter de fa gargotte,
Pour faire le projet d'un fuperbe regal,
Qui faffe dans la Ville un éclat fans égal.
Toute la Compagnie eft déia retenuë,
Les lits font à l'écart, la bergame tenduë,
La vaiffelle en eftat, les chapeaux refferrés,
Tous les planchers bien nets, les buffets preparés,
Quand * un de fes amis, homme difcret & fage,
Admirant en entrant ce fuperbe équipage,
Luy demanda pourquoy ce nouvel ornement,
Ie veux vous regaller en cet appartement,
Dit il, le Cabaret eft icy pitoyable,
Les Traiteurs de la Ville empoifonnent le Diable,
Les Vins font frelatés, on eft tres mal fervi,

* *Mr. d'Aunay.*

Par un dernier effort d'amour & de douceur,
Il le met en Pratique avec un Procureur,
Pour lui donner au moins teinture des affaires,
Et tacher par ses soins de borner ses chimeres.
Cet asne en cet endroit ne promit rien de bon.
Il parut aussitost un celebre fripon;
Le Procureur se vit forcé de s'en défaire,
Et de le renvoyer friponner chez son pere.

Helas! ce fut alors que ce pauvre Vieillard
Exposa de ce Fils la fortune au hazard,
Et voyant qu'il n'estoit qu'un scelerat insigne,
Un sot, un fourbe à gage, entierement indigne
Qu'il eust à l'avenir pour lui le moindre soin,
Il resolut enfin de l'envoyer au loin.
Il l'engage sur Mer avec un Capitaine,
Qu'il suplie humblement de se donner la peine
De le faire étriller à double carillon,
Et de le recevoir avec l'échantillon
Du regal quotidien qu'en tel cas on destine
A ces marauts qu'on fait des drilles de Marine.

Allez, dit-il, coquin & malheureux vaurien,
Pour qui j'ay consomme le plus net de mon bien,
Et que j'envisageois avec tant de tendresse,
Pour estre quelque jour mon bâton de vieillesse;
Encore un coup, sur Mer, allez peste de gueux
Evaporer vos rats, & dissiper vos feux;
Pour corriger vos mœurs & pour vous rendre sage,
L'infaillible secret est de vous mettre en cage;
Et pour continuer à vous mortifier,
Je vais me divertir, & me remarier:
Vous sçaurez le plaisir d'avoir des Belles-meres,
Avec un bon surcroist de quelques petits freres.

Tremblez fiers ennemis, Cordeil est sur les eaux,
Il annonce la perte aux superbes Vaisseaux,
Dont vous avez l'orgueil d'insulter à la France;

Tremblez, voila déja mon Heros qui s'avance;
C'est sur vous que son bras va venger son affront,
Vostre défaite entiere est marquée en son front.
   Cet heureux pronostic eut une triste suite,
Apres une Campagne il prit bientost la fuite,
Il se sauve à Paris, il y bat le pavé,
Il y fait le métier d'un coquin achevé :
Cependant ce métier est le fort favorable,
Qui va le délivrer du malheur qui l'accable :
Il rencontre un ami, qui par compassion
Trouve à luy procurer une Commission,
Et c'est (grace à ce fort) à Bourges qu'on destine
Ce brave Cavalier qui sort de la Marine,
Et pour le couronner de fertiles lauriers,
On le fait Directeur des Arts & des Metiers.
   Deplorable Berry, malheureuse Patrie,
Objet de sa rapine & de sa pillerie;
Bourges, qui te souviens du pitoyable estat
Où tu vis arriver ce délabré soldat,
Et qui vois chaque iour par ton experience
Sa rigueur inhumaine, & sa fiere arrogance,
Peins-nous d'apres nature un faquin si parfait,
Et dis-nous, si tu peux, tout le mal qu'il te fait;
Ou si par une extreme & lâche complaisance,
Tu peux pour quelque temps en garder le silence,
Du moins sois attentive aux recits que j'entens,
Et reçois cet Ouvrage à tes propres dépens ;
Il t'en couste assez cher afin que ie t'en face
Pour te venger un peu, cette humble dedicace.
   Ce petit Maltotier de neuve edition,
Arrivant en Berry, bouffi d'ambition :
Exhale en tourbillons cent mille gasconnades,
Ne parle, ne répond que par rodomontades :
Il marche, il court, il passe, il voltige en tous lieux,
Pour faire le recit de ses faits glorieux :

En un mot, i'ay deſſein de vous traiter ici ;
Mon Hôte me promet de faire la cuiſine,
Et de nous preparer une ſoupe divine,
Toute autre ſans façon qu'une ſoupe à Gabard.
   Fort bien, dit ſon ami, vous me parlez ſans fard,
Vos raiſons ont aſſez de quoy me ſatisfaire,
Mais à mon tour auſſi, comme un ami ſincere,
Ie me ſens obligé de vous donner avis
Que chez tous nos Traiteurs nous ſommes bien ſervis.
Avec autant d'éclat & de magnificence
Qu'on puiſſe iamais eſtre en aucun lieu de France ;
D'ailleurs tous vos Meſſieurs aiment la liberté.
I'entens, répond noſtre homme aſſez deconcerté ;
Mais vos Traiteurs ſont chers : trente ſols une tourte,
Dont la ſauce ſouvent eſt encore bien courte ;
Dix ſols chaque poulet, & vingt ſols un dindon,
N'eſt-ce pas, à ce prix, un liard chaque lardon ?
Le vin huit ſols la pinte, à petite meſure,
Nomme-t'on pas cela rapine toute pure ?
Ie fuis comme l'enfer vos diables d'Hôteliers,
Et m'accommode mieux avec mes Chapelliers.
   Cependant, dit l'ami, ces Hôtes ſont traitables,
Nous ne les trouvons pas ſi fort déraiſonnables :
Mais à cette cherté ie remedieray bien,
Les poulets & dindons ne vous couſteront rien.
Du poiſſon en ce lieu le prix eſt fort modique,
On peut vous faire en maigre un feſtin magnifique ;
Croyez moy, cette affaire eſt de ma competance,
Et i'entens mieux qu'un autre à regler la dépence.
Vous termez à Ieudy, changez au lendemain,
Et ie vas ordonner un diner de ma main,
Qui ne couſtera pas plus de vingt ſols par tête :
Il taupe de bon cœur à remettre la fête,
Par le viſible gain d'un repas de poiſſon ;
Mais ce ſera tantoſt bien une autre chanſon ;
                                                    B

Lorſqu'il faudra trois fois multiplier la ſomme,
Vous n'y connoiſtrez plus la figure d'un homme.
Son ordonneur de plats, de mets & d'entre-mets,
Dans l'eſprit de cet homme eſt perdu pour iamais,
Et quand l'Hoſte viendra ſupputer ſon Memoire,
Vous verrez à ſon air une drolle d'hiſtoire.
   Sans doute le repas fut tres bien ordonné,
Il ſembloit aux Acteurs que le vin fuſt donné :
La ſanté du heros de la piece comique,
Par douze bons Suppoſts ſe beuvoit en muſique ;
Le vaſte bruit des voix rempliſſoit le Quartier
Des eloges pompeux du nouveau Maltotier ;
Les Arts & les Métiers commençans d'eſtre en vogue,
Chacun en ſon honneur entonne ſon prologue :
On approuve apreſent toutes ſes viſions,
On donne à corps perdu dans ſes preventions :
Comme article de foy, l'on croit ſes menteries,
On traite de bon ſens toutes ſes réveries ;
C'eſt là l'homme à la mode, & l'homme de faveur,
Que l'on comble à l'envy de loüange & d'honneur,
   Mon heros, grace au Vin qui l'échauffe & l'enflame,
Commence à diſſiper le chagrin de ſon ame,
Oubliant quelque temps ce qui luy va coûter,
Il fait ſon perſonnage, & commence à chanter.
Il voit ſa vanité hautement applaudie,
Il ſe trouve en ce lieu Roy de la Comedie,
Il fredonne des airs, il chante ſes exploits,
Le voila gros Traittant pour la ſeconde fois.
Le Cercle eſt à l'inſtant plein de ſes gaſconnades ;
Il porte des ſantés, il verſe des raſades,
Il fait voler en l'air maccarons & biſcuits,
Il veut qu'on mange tout, & qu'on vuide les muids ;
Rien ne luy couſte plus, ſauf apres ſon yvreſſe,
A pleurer ſa dépenſe, & mourir de triſteſſe.
Il crie, il hurle, il fait un bruit ſi meurtrier,

Que chacun est contraint d'enfiler l'escalier :
Tous sourds, tous étourdis d'un si long verbiage,
Ils le laissent luy seul distiller son ramage :
On le verroit encore en cette extravagance,
Si l'Hoste n'eust monté pour compter la dépence.
   * Ce bon homme un peu vieux ne l'eut pas abordé,
Qu'il le prit à l'instant pour quelque posedé,
Et frappé de l'horreur de ce spectre effroyable,
Il tombe evanoüi tout proche de la table.
Nostre yvrogne se leve, & veut faire un effort,
Pour relever sans bruit cet homme à demi mort,
Mais la vapeur du vin luy fait tourner la teste,
Le voila de son long tombé comme une beste.
Le bruit de cette chûte attire le Garçon,
Qui surpris du malheur qu'il voit dans la maison,
Croit qu'ils s'estoient battus sur l'article du compte ;
Voila dans un instant la Maitresse qui monte,
Et faisant appeller les voisins au secours,
Qui se désole en pleurs, & qui maudit ses jours :
L'un cherche un Medecin, l'autre court au Vicaire,
On fait venir encor Tout-rond l'Apoticaire,
Qui visite les corps, & leur tâte le pouls,
Pour connoistre leur mal, ou pour voir s'ils sont fous ;
Il leur met du vinaigre au nez & dans la bouche,
L'hoste revient d'abord, mais l'autre est une souche,
Qui n'entend, ne remuë, & n'ouvre pas les yeux.
On le met dans un lit d'un coin officieux,
Où chacun le laissa reposer à son aise ;
Et de peur d'accident, on mit sur une chaise
A costé de ce lit, un enorme bacquet,
Pour, en cas de besoin, décharger son paquet,
Cette precaution n'est pas trop inutile,
Pour ces sortes de gens échauffés par la bile.
   Muse, pendant le temps qu'il rechauffe ses os,

   * *Caillou du Gros Tournois.*

Accordons luy, par grace, auſſi quelque repos :
Et pour quelques momens perdons-en la memoire,
Pour reprendre à loiſir le fil de ſon hiſtoire.

Fin du Premier Chant.

SECOND CHANT.

L'Aurore en son brilland & pompeux appareil,
Annonçoit aux humains le retour du Soleil,
Et les oiseaux joyeux, par leurs divers ramages,
Commencoient à cet Astre à rendre leurs hommages,
Quand Cordeil s'éveillant tout confus & surpris,
Du fonds de son sommeil rappele ses esprits :
A peine en cet estat peut-il se reconnêtre ;
Il sort de son grabat, il cherche la fenêtre,
Avec peine y peut-il conduire son cerveau,
Sans répandre du cœur, & tomber de nouveau ;
Enfin il y parvient, & regardant la ruë,
Voila dans un moment que son gozier de gruë,
Rejette à gros bouïllons ce qu'il avoit au corps,
Que la tête luy tombe, & qu'il fait des efforts
Qui lancent dans les airs un torrent de fusées !
Dont les maisons d'autour sont toutes arrosées.

   Apres ce grand déluge il se remet au lit,
Dans le fond de ses draps il se r'ensevelit,
Mais il ne peut dormir, aussitost qu'il someille,
Le prix de son repas l'agite & le reveille ;
Il suppute en ses doigts ce qu'on luy va compter,
Ce que doit chaque plat environ luy coûter ;
La quantité du Vin que l'on peut avoir bûë,
Il fait de tout cela son compte à boulevûë :
Ce calcul le tourmente & redouble ses soins,
Tantost il trouve plus, tantost il trouve moins,
Enfin pour terminer le chagrin qui l'accable,
Il appelle l'Hotesse, & fait un bruit de diable ;
Il éveille aussitost tous ceux du Cabaret,
Qui pensent qu'avec l'Hoste il s'est pris au collet.
Cet Hoste courroucé vient luy-même en personne,

Avec un comptereau dont la longueur l'étonne,
Et Cordeil reconnoist enfin sur le combien
Qu'un heure de calcul ne luy sert plus de rien :
Il comptoit huit écus. l'Hoste en veut davantage,
Il tourne, il vire, il crie, il tempeste, il enrage,
Ses cris & ses chagrins sont pourtant superflus,
Il faut, bon gré, mal gré, débourser douze écus.
Ah ! dit-il en son cœur, tu n'es pas où tu penses,
Va tu me rendras ces horribles dépenses,
Impertinent Traiteur, tu seras des premiers,
Sur qui ie me prendray pour les Arts & Metiers.
Toy faiseur de Festins avec vingt sols par tête,
Traistre tu viens de faire une belle conquête :
Que le diable t'emporte avec tes beaux repas,
Mais Diou mé damne aussi tu n'en tailleras pas ;
Va, ie te puniray de cette perfidie,
Et ne te daigneray regarder de ma vie ;
Que je meure aujourd'huy si dans deux ou trois jours
Mon ami * Viallis n'est instruit de tes tours :
Ie ne puis te frapper de plus rude vengeance,
Et mieux faire éclater en ces lieux ma puissance :
Ie ne donnerois pas un sol de ton Employ,
Tu sçauras ce que c'est d'avoir affaire à moy.
Il s'en retourne enfin rempli de ses chimeres,
Avec un air pensif, avec des yeux severes ;
Il tousse avec chaleur, il ne va que par bond,
Il se tourne à ressort, il marche en furibond ;
Il file viste & droit sans regarder personne,
Comme quelque fiévreux qui tremble & qui frissonne.

Enfin mon Directeur parvient jusquà son trou,
Iustement figuré comme un vray Loup-garou :
D'une riviere d'eaux il inonde la ruë,

---

* *Mr. Viallis est le Secretaire de Mr. Lepelletier Ministre d'Etat, Patron de Cordeil, dont il menace tout le monde sur la moindre bagatelle.*

Et puis pour annoncer aux voisins sa venuë,
A son trou de boutique il frappe en Potentat,
Mais le Chapellier dort, & n'en fait point d'état;
Et malgré tous ses coups & toute sa furie,
Lacire prend cela pour quelque rail'erie,
Ou tout au plus que c'est quelque méchant chapeau
Qu'on luy vient apporter pour y donner un eau.
Il le laisse en la rüe une heure se morfondre,
Sans prendre seulement la peine de répondre;
A force cependant de grands coups & d'éclats,
Lacire se resoud de se jetter à bas.
Qui diable si matin, dit-il, heurte à ma porte,
Et nous vient hardiment lutiner de la sorte :
Ah! je verray si c'est qu'on se moque de moy.
Ouvres, ouvrez, luy dit mon homme au désaroy,
Ie suis, mon cher Lacire, icy sous la goutiere
A me geler les pieds depuis une heure entiere;
De par le diable aussi que ne répondez-vous?
Et qui vous a mis là (dit Lacire en couroux)
On fut jusqu'à minuit (Monsieur) à vous attendre,
Sans sçavoir en quel lieu nous aurions pu vous prendre:
D'où diable venez-vous? comme vous voila fait :
Vous n'avez pas trop l'air d'estre bien satisfait;
Vous ne nous semblez pas beaucoup rempli de joye,
Avez-vous cette nuit perdu vostre monnoye?
   Il commencoit alors à luy faire un rapport
De son maudit Repas, & de son triste sort,
Quand il vit tout d'un coup une grosse cohorte
De Gueux, de toutes parts qui fondoient à sa porte.
Ces Trucheurs, ces Calins, qui ne manquent jamais
De tous les grands Repas d'eventer les fumets,
Sont en possession que celuy qui regalle
Sortant du Cabaret remplît toûjours leur malle;
Comme ils ne virent point partir l'homme au Festin,
Ils furent de concert l'assieger du matin;

A l'infolence auffi de s'attaquer à moy !
Vous l'homme au compliment, de grace alles luy dire,
Qu'il ne tiendra qu'à moy de le faire interdire,
Et que dans peu de temps ie veux luy faire voir
Si j'entens à ranger les gens à leur devoir.

    Vn de fes vrais amis en ce moment l'invite
De traiter un peu mieux un homme de merite,
Qui pourroit de plein droit luy faire du chagrin,
Et dans de tels fuiets trancher du fouverain.

    Comment, morbious, dit-il, d'une colere extreme,
Ami, vous vous chargez de me dire vous-même
Qu'un fimple Procureur a la temerité
De choquer un Traitant de mon authorité !
Me connoiffez-vous bien, pour parler de la forte,
Et ne craignez-vous point que mon feu ne m'emporte ?
Par pitié ie veux bien, à vous, vous pardonner ;
Mais pour ce Procureur qui pretend ordonner,
Allez, donnez-vous temps, ie luy feray connoître
Si c'eft à luy d'ozer icy parler en maître.
Si ie vois de mes iours qu'on offenfe mes Gens,
Et qu'on faffe une infulte à mes moindres Sergens,
Que ie fois un hibou, fi mon bras leur pardonne,
Et lorfque l'on me fronde en ma propre perfonne,
Ie feray mollement le lâche & le coquin,
Il faudroit que ie fuffe un franc chien de faquin :
Auffi c'eft un Arreft d'une Cour fouveraine,
Que ie pretens icy fatisfaire ma haine,
Et * veux, fans repliquer, que mains & pieds liés,
Avec des airs contrits & bien humiliés,
Le Procureur du Roy vienne en mon écurie,
Pour me payer un peu de fon effronterie,

    * *Ce font les propres termes que Cordeil profera cent*
fois contre Mr le Procureur du Roy, en prefence de Mrs.
Thevenin, Plomet, d'Aunay, de St. Loüet, Vincent,
& plufieurs autres, qui l'affirmeront par tout.

Décroter mes fouliers ; & d'un trifte abandon ,
De la faute qu'il fait , me demander pardon :
Autrement c'eft un homme auffitoft que i'abime ,
Et dont i'ay refolu de faire ma victime.

    Original des fous & des francs étourdis ,
Malheureux vermiffeau, fçais-tu ce que tu dis ?
Manges-tu ? Rêves-tu ? Faut il qu'on te lie ,
Si l'on veut arrefter le cours de ta folie ?
Apprens, archifaquin, qu'un autre moins humain.
Te feroit emmener, la Torche dans la main ,
Pour luy faire en public une amande honorable ;
Et que ton infolence affreufe & deteftable ,
Luy donne plein pouvoir, & de fortes raifons
De te faire loger aux Petites-Maifons.
Rends des graces au Ciel de ce que fa clemence
L'a toûjours éloigné de l'efprit de vengeance;
Et va faire à fes pieds hommage à fa vertu :
Car enfin s'il vouloit, de quoy deviendrois-tu ?
Et même en cet endroit, fon bon cœur fe furpaffe,
D'écrire en fa faveur, & demander fa grace.
Il excufe fa faute, & fon emportement,
Et ce bon Magiftrat demande feulement ,
Pour corriger un peu fa paffion brutale,
Que fon Patron luy faffe une mercuriale,
Et qu'il redreffe en bref un peu ce malheureux.

    La chofe eut dans huit iours un fort plus rigoureux,
Et la correction fut beaucoup plus fevere ;
Car le Miniftre eftant informé de l'affaire,
Il ordonne aux Traitans de l'ofter de l'Employ :
Ce funefte accident le met au défarroy ;
Dés qu'il en a l'avis, il en perd la parole.
Il devient immobile alors comme une idole ;
Enrageant de fe voir avec confufion
Chaffé . comme un coquin, de fa Commiffion :
D'éternel babillard il devient taciturne ,

Il est pendant un mois l'Avanturier nocturne;
Et ce qui le penetre encor plus de douleur,
C'est qu'il ne sçait à qui raconter son malheur,
S'estant insolemment si vanté de luy-meme
D'une faveur brillante, & d'un credit suprême;
Et n'ayant plus d'espoir de se voir conservé,
Il se resout d'aller rebatre le pavé,
Et de tâcher enfin, dans le coup qui l'assomme,
D'estre Valet de Chambre avec quelqu'honeste homme.

    Cependant lorsqu'il perd toute son esperance,
Son Patron Vialis remuë une puissance,
Et fait prés du Ministre un si puissant effort,
Qu'enfin * il repara la rigueur de son sort.

    Il falloit un ami de cette consequence,
Pour avoir son pardon d'une telle impudence;
Et ce pauvre Commis est toutafait heureux,
De n'estre pas reduit à servir comme un gueux.

    D'une telle nouvelle il tressaille de joye,
Il promene sa lettre, il veut que l'on la voye;
Il la porte par tout, il l'expose à tant d'yeux,
Qu'en une heure temps elle est vûë en tous lieux,
La parolle revient, le babil recommence;
Peut-on apres cela douter de sa puissance?
Ie sçavois bien, dit il, qu'indubitablement
Vialis obtiendroit mon rétablissement:
Ma revocation ne m'a point fait de peine,
Des jaloux de mon sort i'ay méprisé la haine;
Elle a même rempli le plus grand de mes vœux,
Pour montrer que ie suis rétabli quand ie veux.
Mais, hableur insensé, mets quelque difference,

    *Il est constant que Cordeil fut revoqué, & que Mr.
Vialis obtint son rétablissement, à la charge de demander pardon à Mr le Procureur du Roy, & de luy donner pleine satisfaction.*

De menacer par tout d'une fiere arrogance,
Et d'eftre pa pitié rétabli dans l'Employ,
En demandant pardon au Procureur du Roy,
Et d'avoir le chagrin, pour furcroift de trifteffe,
De perdre pour jamais l'objet de fa tendreffe.
Tel fut du grand Cordeil le deftin malheureux,
Apres fon incartade & fes airs vigoureux;
Cependant on fçaura que la belle Manette,
Se voyant à la fin prefte à faire retraitte,
Voulut recompenfer fes foupirs languiffans,
Et par quelques faveurs luy payer fes prefens;
Pour laiffer dans fon cœur une agreable idée
Des charmes dont fon ame eft fi fort poffedée;
Elle fçût aff z bien en cela réüffir,
Il en peut même encor garder le fouvenir:
Tout ce que ie puis dire en cette conjoncture,
Eft qu'il fallut trois mois pour en guerir nature,
Et que le Dom Vincent, deffous un grand manteau,
Luy portoit to s les iours quatre bouteilles d'eau.
Il eft vray, fans mentir, qu'elle eftoit compofée
De certains ingrediens d'une drogue infufée,
Qui n'eftoit pas fort propre à faire un bon repas;
Mais, quoyqu'on puiffe dire, elle ne laiffoit pas
D'avoir une vertu tres rare & finguliere,
Du moins pour Dom Vincet, fieur de la Vincendiere;
Auffi tous les matins avec precaution
Luy voyoit-on porter cette decoction.
  Le fublime Agenor, ce grand faifeur d'Eglogues,
Ie trouvant, par hazard, un iour portant fes Drogues,
Voulut abfolument fçavoir ce que c'eftoit,
Dom Vincent fans façon luy dit ce qu'il portoit.
Et luy fit fur le champ remarquer fes Bouteilles;
Ah! merbieu, luy dit-il, cela fait des merveilles,
Perbieu ie donnerois dix Loüis d'or de bon cœur,

Pour en voir tout autant au Masque de rigueur,
Si les destins un iour m'estoient si favorables,
Que de mettre en mes mains un tel couple de diables,
Que le Ciel, sans pitié, m'a îme mille fois,
Si ie ne les mettois dans huit iours aux abois;
Ie leur en donnerois une si bonne dose.
Que l'on verroit bientoft quelque metamorphose:
Merbieu si vous voulez m'envoyer la Catin
De qui le bon Cordeil tient un si bon butin,
Elle aura deux écus, d'un cœur qu'on ne peut croire,
Pour avoir operé cét acte meritoire;
Qu'elle fasse un tel don à nostre autre Sathan,
Et ie l'entretiendray moy-seul pendant un an:
Il faut, Maistre Vincent, leur donner de l'absinte,
Et leur faire gober la bouteille à la pinte;
Non non il ne faut pas, sans des perils urgens,
Traiter ces Maltotiers comme les autres gens,
Ie leur ferois plûtôt avaller de l'eau forte.
   Ouy, mais si j'en usois, dit Vincent, de la sorte;
Ie ferois grand plaisir à l'Alabat tout rond,
Ce Docteur *Hic* & *His*, qui toûjours se morfond,
Et ce ieune Archambault qu'on met au rang des ânes,
Auroient un beau debit de toutes leurs ptisannes:
Si j'avois mal traité les Mo * les Martins,
On ne m'auroit pas vû dans de si bons Festins.
On ne pouvoit avoir de meilleure pratique,
Ces deux gens suffisoient pour vuider ma Boutique;
Le malheureux départ de ces deux bons vivans,
Me fait bien perdre au moins cent écus tous les ans:
Mais ie ne perdray pas encore icy ma peine,
Ie pretens en tirer une tres bonne aubeine,
Et devant que mon ours puisse en estre dehors,
Ie pretens luy vuider & la bourse & le corps.
Bon bon, dit Agenor, allez, prenez courage,

Ami, vous ne fçauriez m'obliger davantage;
Mais ie ne feray pas fatisfait fi Pluton
Avec quelque Catin ne faute le bâton,
Dût-il empoifonner fa belle Proferpine,
Et Vincent la droguer de toute fa plus fine.

Fin du Troifiême Chant.

QVATRIE'ME CHANT.

CORDEIL prés de fa Belle ayant vuidé fa bourfe
Songe, pour la remplir, à faire quelque courfe,
Il fait provifion d'une Troupe d'Huiffiers,
Et retient de Recors des Bataillons entiers :
Enfin ils partent tous, leur Heros à leur tefte,
Ils brifent tout obftacle, & rien ne les arrefte.
Ils fement l'epouvante & l'alarme en tous lieux,
Ce font des conquerans toûjours victorieux,
Qui par leurs grands exploits fignalent leur courage,
Et qui dans leurs ardeurs mettent tout au pillage.
　Dans les murs de Vierzon ce Chef entre en vainqueur
Des ordres de la Cour il dit qu'il eft porteur.
Il prononce en entrant de pompeufes parolles,
Et n'ouvre fes deffeins que par des paraboles;
Avec tous fes grands airs il penfe tout de bon
Que le Château le doit faluer du canon,
Que tous les Echevins, & le Maire Belifle
Luy viendront apporter les prefens de la Ville;
Que tous les Officiers ne doivent pas manquer
De venir auffitoft en Corps le harânguer :
Cependant il paroift qu'aucun ne luy va rendre
Ces grands honneurs qu'il croit avoir droit de pretendre
Mais en revanche auffi le Sexe á fes beaux yeux
Prepare de concert un aceüil gracieux :
On voit en un inftant un tas de Harangeres,
Qui viennent à la foulle, ainfi que des Megeres,
Faire piece á cet homme, & luy chanter malheur.
Ce heros á l'inftant penetré de frayeur,
Pour ne point hafarder fa valeur indomptable,
A leur premier afpect s'envole comme un Diable;
Rien ne luy femble tel que d'éviter les coups;

Ce ne font plus ces Gueux qui viennent en couroux
Au donneur de Repas demander des aumônes,
Il penfe que ce font toutes les Amazones,
Qui viennent l'abimer, & le mettre en quartiers :
Il ne fe fauve plus au travers des Greniers
Où n'à guere il fe vit fi proche de fa perte ;
Rencontrant, par hazard, une * Cave entr'ouverte,
Il efpere, en tremblant, s'y mettre en feureté
Contre tous les affauts de ce Sexe emporté :
Il fe cache avec foin au bout de la muraille,
Et fe couvre le corps d'une vieille futaille.
Dans ce pitieux eftat il fut iufqu'à la nuit,
Sans cracher ny branler de derriere fon muid.
Enfin fon trifte fort voulut qu'un domeftique
Vift, en tirant du Vin, ce pauvre frenetique ;
Ce valet en refta quelque temps interdit,
S'eftant imaginé que ce fuft un Efprit ;
Il monte en diligence, il avertit le Maiftre :
On defcend, on le voit, & fans le reconnoiftre,
Et rendre les refpects acquis à ce heros,
De vingt coups de bâtons on luy chargea le dos.
Du Patron Vialis d'abord il fe reclame,
Mais on ne connoift là Vialis ny fa femme :
Il dit qu'il eft Traitant des Affaires du Roy,
Il cite des témoins, il en jure fa foy,
Mais la foy Provençale eft pure momerie,
Ou, pour parler François, menfonge & fourberie,
Vn Traitant, difent-ils, va-t'il fans fes Sergens,
Et voudroit-il ainfi voler le Vin aux gens ?
Il a beau fe reprendre à des gens remarquables,
Et fe donner icy des noms confiderables :
Qu'il foit ce qu'il voudra, c'eft pour luy temps perdu ;
C'eft un Larron de Vin, qu'on veut qu'il foit pendu.
Ce drôle d'accident fait du bruit dans la Ruë,

Cave du nommê Lauverjat Cabaretier.

E

oute la Populace en eſt bientoſt emûë ;
s voiſins viennent tous regarder ſon minois,
t ne ſont pas contens de le voir une fois.
e Maire, par bonheur y vient en diligence,
Qui connoiſſant Cordeil, par un trait de prudence,
arrachant de ces gens, le mene en ſa maiſon,
ous pretexte d'aller le conduire en Priſon.
    Quand ce heros ſe vit à couvert de l'injure,
Il luy fit le recit de ſa triſte avanture :
Alors luy dit le Maire (homme aſſez entendu)
Quoy ? mon petit Monſieur, vous avez pretendu
D'établir en ces lieux voſtre Sergenterie ?
Ce Peuple, par ma foy, n'entend pas raillerie,
Et comprenez, mon cher, que ce n'eſt pas ainſi
Qu'il faut ſe comporter avec ce monde ici ;
Mais ie trouve apreſent ce diſcours inutile,
Croyez-moy, ſauvez-vous, & ſortez de la Ville,
Car ſi tous ces mutins revenoient ſur leurs pas,
De vous ny de vos Gens je ne répondrois pas :
rofitez de l'avis qu'en ami je vous donne,
Tout ce que ie puis faire eſt d'aller en perſonne
R'aſſembler, ſi ie puis, vos coquins de fuyarts,
Que ie vois diſperſés icy de toutes parts,
Et vous les renvoyer au delà de la porte,
Pour vous accompagner, & vous ſervir d'eſcorte.
Il ſe défit ainſi du bliſtre de Cordeil,
Qui bien heureux encor de ſuivre ſon Conſeil,
S'échape à la faveur d'une nuit tenebreuſe,
Pour attendre á loiſir ſa Troupe valeureuſe.
Au prochain Rendez-vous il ne fut pas long temps
Sans y voir accourir ſes Huiſſiers mécontens,
Qui luy firent d'abord un reproche authentique
De les avoir livrés à la fureur publique,
Et veulent de concert deſerter à ſes yeux,
Si dans de tels perils il ne les deffend mieux

Comment, morbious, poltrons & lâches que vousétes
Aucun de vous, dit-il, n'a part à mes conquêtes ;
Tou. ce Peuple à la fois m'a voulu terraſſer,
Mais on a vû comment j'ay ſçû le repouſſer :
Ie me ſuis bien vengé de cette populace,
I'en ay mis tout d'abord cinq ou ſix ſur la place ;
Tous ces gueux ſont rombez à mes pieds tout à cou
Sans qu'on ait jamais pû me porter un ſeul coup ;
I'en ay bleſſé du moins une bonne douzaine,
I'ay pourſuivi le reſte avec perte d'haleine ;
Enfin ie ſuis reſté glorieux & vainqueur,
Ah ! voila ce que c'eſt que d'avoir un grand cœur.
Puiſque là pleinement j'ay rempli ma vengeance,
Amis allons ailleurs chercher de la finance.

Pendant tout le chemin ſans ceſſe il rebattoit
Ce triomphe éclatant duquel il ſe vantoit,
Quand un de ſes Sergens plus hardi que les autres,
Luy dit, eh bien Monſieur, ce ſont donc là des vôtres ?
Car à vous en parler tant ſoit peu franchement,
Chacun cite ce fait aſſez diverſement ;
Il me ſemble avoir oüy marmotter d'une cave,
D'un vieux muid, d'un valet, encore pour aggrave,
On cite quelques coups de bâtons aſſez forts,
Mais on ne parle poiut de bleſſés ny de morts ;
Enfin de la façon dont l'hiſtoire eſt contée,
Voſtre machine fut tant ſoit peu demontée ;
On dit que l'on vous a drollement reveillé,
Ou plutoſt qu'on vous a diablement étrillé :
Voila, ſans compliment, ce que dit la chronique,
Auſſibien cette affaire eſt un peu trop publique,
Et nous ſçavons trop bien tout ce qui s'eſt paſſe,
Et de quel air galland l'on vous a ramaſſé ;
Nous vous avions bien dit qu'avec vos airs ſeveres
Vous feriez dans Vierzon aſſez mal vos affaires :
Vous n'en avez rien crû, mais, Monſieur, en deux mots

* *Garnier.*

Vous en portez la peine empreinte fur le dos.
　　Moy battu, répond-il, de cette populace!
Sçachez qu'on ne bat point les Gens de noftre Race;
Que fi quelqu'un m'avoit regardé de travers,
Ie l'euffe fur le champ fait defcendre aux Enfers:
Ho ho! luy dit Garnier, que le diable m'abime
Si ie vous euffe crû d'un cœur fi magnanime;
Il nous falloit tantoft avertir de cela,
Et nous n'en fuffions pas ainfi demeuré là
Et fi nous avions fçû que vous tuiez des hommes,
Nous vous euffions auffi tous montrés qui nous fommes
Ma foy dans Iffoudun nous jouërons un beau jeu,
Allons-y promptement, & nous verrons un peu
Les effets éclatans de voftre grand courage,
Et ceux de voftre illuftre & vaillant Equipage;
Il me tarde déja, Monfieur, que ie n'y fois,
Pour voir quelques effais de vos fameux explois;
Car en vous ie n'ay rien remarqué de capable
De rendre jufqu'alors voftre bras redoutable.
Tu Coyonnes, Garnier, dit-il, mais tu verras
Dans les occafions, la vigueur de mon bras;
Que quelqu'un feulement excite ma colere;
Et tu reconnoîtras tout ce que ie fçais faire.
Enfin en gafconnant, & mentant tour à tour,
Ils arriverent bien guays à la pointe du jour.
Ils font de leurs chevaux tant de bruit dans les Ruës,
Qu'on eft dans un quart d'heure inftruit de leurs venuës,
Et que l'on fçait que c'eft une troupe d'Huiffiers,
Qui vient en garnifon pour les Arts & Métiers,
Et cette malheureufe & fatale nouvelle
Va bientoft attirer encore une querelle.
Ils font donc leur defcente à la Pomme de Pin,
Où d'abord en entrant ils demandent du Vin,
Pour fe raccommoder un peu de leur fatigue,
Et former en beuvant le projet de leur Ligue:

Il leur furvient alors un terrible embaras,
L'Hôteffe à fa fenêtre avoit mis quelques Rats,
Qui fans ceffe tournoient tout au tour d'une cage,
    On s'ammfe en paffant, à voir ce badinage,
Les Lequais, les nigauds, & les fous du Quartier,
Y compofent en bref un Regiment entier,
Et l'on ne fe fuft pas empreffé davantage
A voir dans Iffoudun l'Opera de Village;
A la fin il s'eleve un bruit fi furieux,
Que nos gens à leur tour deviennent curieux,
Cordeil met le premier la tefte à la fenêtre,
Et dés qu'il apperçoit tout ce peuple parêtre,
Il leur dit à l'inftant avecque de grands cris,
Helas mes chers amis, nous voila tous peris!
    Il crut bien avoir vû dans fes vives alarmes,
Pour les affaffiner, toute la Ville en armes.
Il tombe de frayeur, il eft à demi mort,
Garnier à ce moment vient faire l'efprit fort:
Il avoit aperçu la drolle de machine,
Il fait le goguenard, il rit, il turlupine;
Eh bien, dit-il, Morfieur le grand tueur de gens,
Laifferez-vous perit ainfi tous vos Sergens;
Exercez aprefent voftre bras redoutable,
Voila l'occafion á vos vœux favorable:
Puniffez ces matins dans ce noble couroux,
De leur temerité de s'attaquer á nous,
Et par une action d'un vaillant Capitaine,
écartez tout ce Peuple, & nous tirez de peine;
Quand ces Peuples icy feront humiliés,
Lors vous verrez ramper les autres á vos pieds,
Et c'eft le grand fecret de faire en abondance
Pleuvoir de toutes parts dans vos mains la finance,
Si vous ne faites pas une action de main,
Tout le monde viendra nous berner dés demain;
Mon cher Monfieur Cordeil, autrement prenez garde

Qu'on n'aille impunement vous donner la nazarde,
Et que paffant par tout pour un Jean l'Ecouflet,
On ne vous fçache encor ficher le camouflet :
Si voftre gloire icy n'eftoit pas compromife,
Ie ne parlerois pas avec tant de franchife.

I'entens bien, cher Garnier, dit-il entre fes dents,
Mais fouvent il eft bon de fuir les accidens ;
Et malgré le couroux & l'ardeur qui m'emporte,
I'ay plus d'une raifon d'en ufer de la forte :
Que l'Hoteffe aille dire á ces gens, fans façon,
Qu'elle n'a de prefent perfonne en fa maifon.
Ha ha, reprit Garnier, voftre cœur intrepide,
Dans le danger prefent devient-il fi timide ?
Moy qui me fens un peu plus affuré que vous,
Par ma foy ie verray fi l'on fe rit de nous.
Cachez-vous feulement, car il eft neceffaire
Que ie coure en perfonne appaifer cette affaire:
Pour remporter alors un triomphe complet,
Il s'arme d'une epée avec un piftolet;
Il defcend de la chambre en homme inébranlable,
Et faifant le femblant de jurer comme un diable,
Il s'en va de plein vol ofter la cage aux Rats,
Et fait au même inftant ceffer tout le fracas;
Et dés qu'on ne vit plus ces Rats à la fenêtre,
Cette troupe de fous commence á difparétre.
Apres ce grand exploit, il revient en vainqueur
A tous fes compagnons exalter fa vigueur,
Et faire au Directeur remarquer fa Victoire;
Qui tout tremblant encor, veut le voit pour le croire
On ouvre la fenêtre, & ce pauvre Chrétien
N'aperçoit plus perfonne, & n'écoute plus rien;
Il fent renaiftre alors fon courage heroïque,
Il anime au combat fa Troupe magnifique;
Il prend fa grande epée, enfonce fon chapeau,
Et veut à tous ces gens écrafer le cerveau:

Il n'a plus de raifons de faire aucune grace,
Il ordonne aux Recorps d'aller faire main-baffe.

Garnier fut quelque temps fans répondre un feul mot,
Mais par pitié qu'il eut pour ce pauvre marmot,
Il va luy faire encor la petite harangue,
Qu'en racourci ie vais vous dire en noftre Langue.

Il n'eft plus temps, Monfieur, de faire les railleurs,
Ny de vous confirmer dans toutes vos erreurs:
Ie veux fans déguifer, & fans ceremonie,
Vous dire ma penfée une fois en ma vie.
Allez vous en chez vous dormir tranquillement,
Car vous vous fatiguez tres inutilement.
Ma foy voftre prefence & toutes vos Chimeres,
Ne ferviront à rien qu'à gâter vos affaires;
Quand vous eftes atteint de quelque vifion,
C'eft à voftre langage une fedition,
Ft dés lors qu'il vous paffe un bibet fur le née,
Vous croyez que c'eft fait de voftre deftinée;
Franchement entre nous le trouble de Vierzon,
Si vous l'euffiez bien pris, n'eftoit qu'une chanfon:
C'eftoient quelques faquins, & quelques harangeres,
Qui ne fongeoient à vous non plus qu'à leurs grands-
       peres,
Et celui-cy qui vient de vous mettre aux abois,
Eft encor, par ma foy, moindre plus de fix fois;
Vne cage de Rats (je meure fi je raille)
Avoit fait affembler toute cette canaille,
Quand le danger paroift vous n'ofez remuer,
Quand vous n'en voyez plus, vous voulez tout tuer:
Voila naïvement voftre valeur extréme,
Et tant que vous vivrez, vous en ferez de méme.
Croyez mes bons avis, ne deliberez plus,
Pefte les complimens font icy fuperflus;
Allez chez vous bâtir des Châteaux en Efpagne,
Et laiffez-nous agir, & battre la Campagne;

Si nous raillons un peu pendant qu'il faut railler,
Auſſi nous travaillons quand il faut travailler;
Et nous vous donnerons une pleine aſſurance
De vous faire tomber des frais en abondance,
Et que la portion qui vous vient de ces frais,
Vous vaudra tous les ans deux mil ecus bien nets,
Et pour vous promener, au lieu de voſtre Roſſe,
Nous pourrons dans un an vous fournir un Caroſſe:
Quoique nous ne ſoyons que de ſimples Sergens,
Nous ſçavons tant ſoit peu l'art d'enrichir les gens;
Donnez-nous ſeulement plein pouvoir dans nos courſes,
Et faites promptement prouiſion de bources,
Mais à condition que vous irez chez vous,
Vous mêler de dormir, ou de planter des chous;
Que même dés ce jour vous nous laiſſerez faire,
Et ne vous mêlerez aucunement d'affaire.
Le ſtile naturel du diſcours de Garnier,
Ne fut pas trop du gouſt de noſtre grand Guerrier,
Et ſe ſentant d'humeut à fondre en gaſconnades,
Il penſa ſe choquer de ſes turlupinades,
Mais l'article du gain luy fait paſſer ſur tout,
Et l'eſpoir du Caroſſe eſt ce qui le reſoût.
A ſa Troupe d'Huiſſiers, pour terminer ſes craintes,
Il donne des pouvoirs, & des vaſtes Contraintes;
Il commence d'abord à leur ordonner bien
D'executer par tout, & de n'épargner rien:
Les avertiſſant tous qu'il veut, ſans repartie,
Retenir ſur leurs frais une tierce partie;
Et pour mieux réüſſir dans les Arts & Métiers,
Il leur donne de la ſorte à chacun leurs Quartiers

LISTE DES HVISSIERS DE CORDEIL
pour les Arts & Métiers, avec leur département.

GARNIER Chef de conſeil, expert dans ce grimoire,
A ſon département du côté de la Loire;

Il luy donne pour prix de ſes fameux exploſs
Les Vignobles feconds de tout le Sancerrois,
Et promettant par an en homme de parole,
Deux gros quarts de la Plante, & ſix de Chavignole,
La choſe étant ainſi parvenuë á ſon but,
La Charité luy tombe encor de preciput

Tauvenet Subſtitut, ce digne perſonnage,
Qui marche en Officier, avec un equipage,
Eſt d'abord envoyé fourager à Levroux,
Et faire ſans quartier la guerre à Château-roux;
Mais ce département de faveur & d'élite,
N'eſt pas alors donné ſeulement au merite:
Le mignard qu'il deſtine à ce riche climat,
Doit luy fournir d'abord une piece de * Drap.

Duchet le favori, qui fait en abondance
Pleuvoir force Gibier, & fait faire bombance;
Attrape, ſans briguer, pour luy ſeul en dormant,
Liniere, Câteau-neuf, La Chaſtre & Saint Amant,
Chauvigné le pillart, eſt celuy qu'il deſtine
Pour punir de Vierzon la nation mutine,
Pour piller ſans quartier la Ville & les Faux-bourgs,
Et jetter tout le meuble au milieu des Carfours :
C'eſt par ces coups affreux qu'il ſe vange & qu'il laye
Les attentats du Sexe, & le ſort de ſa Cave.
Le brave Limoſin, dont la haute figure
Inſpire la terreur au peuple qui murmure,
Du coſté de Cencoins aura ſes Garniſons,
Et va droit dans Ainay démeubler les maiſons.

Rapillard, Sigiſmond, & ſeize Archers terribles,
Seront dans Iſſoudun à tous irremiſcibles ;
Ces heros vont en bref appaiſer l'embaras
Du pauvre Directeur, & de la cage aux rats.
Meziers qui ſe flatoit d'avoir le bon partage,
Attrape ſeulement Selles pour tout potage.

* *Draps de Château-roux fort eſtimés*

E

Pajon le doucereux avecque fon biffac
Demandera l'aumône à Culan & Bouffac..
Le vieux gouteux Mefnil, l'un des Penfionnaires,
Fera dans Châtillon fes petites affaires,
Airault, dit le Loup gris, ira dans Saint Savin :
Bufançois & Palluau font donnés à Martin·
Le vieux fou de Billard, cet horrible délabre,
Marche á la fouterraine à Luffac & Belabre :
Herault ce babillard, & ce franc marmiton,
Ira montrer á vivre aux Bourgeois d'Argenton.
Et iufqu'à ce qu'enfin ils foient tout-à-fait quittes,
dépendra les chaudrons, les plats & les marmites :
Grandchamps occupera Vatan & Genoüilly ;
Couriou m'enlevera tout le Vin de Reüilly :
Tournon, Angle & Rofnay, font pour l'ami Deterne ;
Il fait du grand Breton un Sergeat fubalterne,
Pour rafler cy-par la la piftole & l'écu,
Et faire quelquefois auffi quelque cocu.
Crofnier qui fut toûjours inflexible aux prieres,
Ira faire enrager Saint Gautier & Mezieres.
Goutenoire qui fait le brave & le fendant,
Obtient fa Miffion dans la Ville du Blanc.
Le gros pouffif Dujon, nommé la pance heureufe,
Battra les environs de la Rhochechevreufe.
Croüillot ce grand flateur, qui fait le bon valet,
Aura Châteaumeillant avec le Châtelet :
Le pauvre Treguillet qui ne fçavoit que faire,
Ira dans preverange & dans Sainte Severe·
Bonamy nétoyra faint Florent & Charroft,
Et n'en fortira pas qu'on n'ait payé l'Impoft.
Cluis, Neuvi, Saint Chartier font offerts à Tourailles,
Fichon ne laiffera dans Meun que les murailles :
Mifly mettra le feu dans Vicq & Valençay,
Fanchi Turpin luy feul defolera Maçay.
Bonnin dans Aubigny fera le diable à quatre,

Ou bien avec fa Troupe il s'y fera bien battre;
Pour Affe, ce Franc-cœur & cet homme de tefte,
Fera vers Charenton fa marche & fa conquefte :
Si le jeune Cuzin veut travailler pour moy,
Ie l'enverfay *rectà* balayer Dunleroy.
Cretoffe Gandolin, Bouffet avec Pinault,
Iront à Blancafort, Argent & Concreffault :
Le pauvre Grimaudet qu'on voit fi mal en laine,
Pour fe ravitailler aura Sainte Montaine.
Vailly, Clemont & Sens, font pour Robert Pehon;
Gambade pour fa part aggriffe Saint Gondon.
Le Compere Troüin fieur de la Cochardiere,
Aura Neuvy, Meriez, & la Sologne entiere.
Le vieux Arrachepied, qui ne veult que la paix,
Traitera doucement La Chappelle & les Aix.
Gomé dans Villequiers menera dix charrettes,
Pour tranfporter les meubles, & faire maifons nettes.
Cornereau qui briguoit le Quartier de Vailly,
Pour fa commodité regira Cerilly.

 Pour Bourges l'on aura quatre Maréchauffées ;
Et dans tous les Quartiers leurs Troupes difperfées,
Porteront au Marché des meubles à milliers,
Et le rempliront tout jufques aux Cordeliers.
Montaut, Pafques, Renoüart, Fauviffe & la Montagne
Sont refervés à part, pour battre la Campagne.
* Deux de Romorantin, dix autres étrangers,
Qui fçavent tous tirer de l'huile des rochers,
Seront toûjours à main avec de bonnes armes,
Pour aller fecourir leurs gens, en cas d'alarmes,
Et fondre à corps perdu fur les premiers Bourgeois
Qui leur refuferont de payer tous leurs droits.
 Tout cela bien reglé, fur le champ il appelle
De tous les Affiftans l'innombrable fequelle;
Et prenant auffi d'eux mémes engagemens,

 * *Garnier & Chavigny, gagés à l'année.*

De profiter du tiers fur leurs émolumens,
Il fait lors approcher tous ces Missionnaires,
Et d'un ton impofant il leur dit, Mes chers Freres;
Comptez que le temps preffe : *Ite defolantes,*
Et per omnem terram impunè pillantes.

Fin du Quatriéme Chant.

CINQVIE'ME CHANT.

ENFIN Bourges revoit apres une femaine,
Le fleau de tout fon peuple, & l'objet de fa haine,
Et ce grand Directeur arrive en fa maifon
Tout chargé de lauriers d'Iffoudun & Vierzon.
Il meditoit déja d'eloquentes figures,
Pour annoncer par tout fes grandes avantures;
Et fes railleurs d'amis s'empreffoient tour à tour
De le feliciter fur fon heureux retour,
Lorfque l'on vit entrer fon bon ami Lacire,
Qui luy vint apporter quelques Lettres à lire;
Et comme on obfervoit un filence parfait,
Chacun luy vit un air riant & fatisfait:
Et tous les affiftans font dans l'impatience,
D'apprendre le fujet de fa réjouiffance;
Mais il n'eft pas befoin de fi fort le preffer,
Il ne tardera pas à le bien annoncer.
    Iufte Ciel! qui pourroit alors le peindre au jufte,
Tantoft vous le voyez fixe & droit comme un bufte;
Se cantonner des bras, & marcher en Milord,
Comme dans le Pedant le fameux Châteaufort:
Tantoft faire des doigts differentes figures,
Et tantoft affecter d'arrogantes poftures,
Puis fe precipiter dans un large fauteüil,
Où ce fat quelque temps repofe fon orgueil.
Chacun fut (à le voir dans un fi grand delire)
Sur le point d'étouffer, pour s'empécher de rire,
Mais luy, pour contenter leur curiofité,
Se fouleve foudain avecque majefté,
Et leur vient annoncer d'une ame fatisfaite,
Que voila pour jamais fa fortune complete.
Ah! rejoüiffez-vous, leur dit-il, avec moy,

Et regardez un homme auſſi content qu'un Roy :
Le Miniſtre m'écrit, & me fait des prieres
De me charger du ſoin des nouvelles Affaires,
Et ie dois recevoir des Procurations,
Pour exercer encor quatre Directions.
Tous les Experts Iurez ſont joints à mes Domaines,
I'ay la Commiſſion des Eaux & des Fontaines,
La Vente outre cela des Charges de Regrats,
Eſt un Employ nouveau qu'on me met ſur les bras ;
Et pour boire bouteille, & m'avoir des culotres,
On me charge de plus des reſtes des Gargottes.
Admirez mon credit, d'obtenir à la fois,
Sans en faire un ſeul pas, tous les plus beaux Emplois ;
Quand tous nos beaux Meſſieurs remplis de ſuffiſance,
Aux portes des Traitans briguent à toute outrance,
Qu'ils ſont à voltiger au milieu des Bureaux,
Et jettent vainement de la poudre aux moineaux.
      * Que d'Aunay, Le Galois, Dupin & de la Borde,
(Autant de gens à frais & ſans miſericorde)
D'importuns complimens accablent leurs Patrons,
Et ſe trouvent reduits à griller les marrons :
Ces petis Employés bons à lever les jupes,
Ont un beau pied de nez, & ſont bien pris pour dupes :
Ces plaiſans Directeurs ſont bien dans la ſaiſon
De vouloir avec moy faire comparaiſon .
      Martinet & Gabard, La perriere & La pierre ;
Les quatre plus francs ſots qu'on trouve ſur la Terre,
Iront, ſi bon leur ſemble avecque leurs biſſacs
Dans le coin de leur feu faire des Almanachs :
Ces petits Maltotiés à tres ſimple tonſure,
Ne ſont auprés de moy que des Robins-turlure.
    Pour ce gros Sericourt qui fait le Sous-Fermier,
Corbieu, je le feray décamper le premier .

    * *Gaſconnades de Cordeil, & diſcours inſolens qu'il*
tenoit tous les jours ſur tous les Employés.

S'il ose de ses iours parétre en ma presence,
Sans me rendre en tous lieux une humble deference;
Ie veux luy faire voir qu'il ne tiendra qu'á moy
Déslors qu'il me plaira, de raster son Employ,
Mais ie veux avec luy garder quelque mesure,
Iusques à ce qu'enfin la poire soit bien mûre;
Peut-estre me prend il pour quelqu'un des Elûs,
Qu'il balotte son saoul comme des Lustucius,
Et qu'il regente tous en Directeur habile
Sur les Aydes des lieux, & les Octrois de Ville.
Bon, pour ce petit peuple ignare & non Lettré,
Il peut tant qu'il voudra le mener à son gré:
Mais pour moy, s'il me choque, aussitost je le chasse,
Et Bourges me verra Sericour à la place.
   Plomet avec son poids & son air imposant,
Ne fera plus le brave, & le mauvais plaisant;
Ie pretens dans un mois faire arpenter les ruës
A cet homme qui croit estre au dessus des nuës;
De ces olibrius qui font les Souverains,
l'abaisse quand ie veux les mouvemens hautains,
Et sçay lorsqu'il me plaist, à ces ames si fieres,
Tenir un peu la bride, & tailler des croupieres.
   Saint Loüet qui vouloit se faire remarquer,
Avec tous ses Patrons n'a plus de quoy craquer;
Ie voudrois bien sçavoir avec quelle arrogance
Il aspire aux objets de grosse consequence:
Bon pour quelque petit & miserable Employ,
Car les grands déformais sont reservés pour moy.
Ce rafiné Normand, avec toute sa ruse
En tient d'une facon, & n'est plus qu'une buse:
Ie conduiray bientost ce petit goguenard
Par un chemin sans doute à courir grand hazard;
Ie trouve fort mauvais d'apprendre qu'il s'obstine
A garder un Employ qu'il sçait qu'on me destine,
Mais en dût-il crever de tristesse & d'ennuy,

Puifque ce pofte enfin me convient mieux qu'à luy,
Et qu'il eft affez fier, ou plûtôt affez béte,
Pour me le contefter, & pour me tenir tête,
Sans faire le colere il doit fe confoler,
Si bientoft mon Pâtron fçait le * decontrôler.

    Pour le petit Labat, qui briguoit à mon née
Vne Direction qui m'eftoit deftinée,
Ie ne veux point du tout luy faire de cartier,
Ie fçauray dans un mois luy montrer fon métier,
Et l'envoyer alors avec toute fa gloire,
Dans fon Romorantin tenir fon Confiftoire.
Luy, Saint Loüet, d'Aunay, font mes trois arc-boutans
Mais avec moy, morbious, ils auront mauvais temps,
Si j'attrape jamais entrée aux Minifteres,
Voila trois compagnons bien mal dans leurs affaires :
Mais quand ie ne ferois qu'un Fermier General,
Leurs affaires encor n'en iront pas moins mal.
En un mot ie pretens abfolument apprendre
A ce maudit Tricon, l'honneur qu'on doit me rendre.

    Ie n'en feray pas moins à Morel l'Etapier,
Ie le vais repouffer au fonds de fon clapier,
Et le faire tomber dans l'extreme infortune,
Pour s'eftre voulu prendre à ma Bourfe commune :
Et malgré le Traitant dont il eft fi cheri,
Ie luy deffens jamais de rentrer en Berri :
Dans la difgrace affreufe où fa fierté le livre,
Que cet homme en Ecoffe aille chercher à vivre.

    Ce fot bliftre enyvré d'un pretendu bonheur,
Se donnoit ces encens, & ces airs de grandeur ;
Et le monde ennuyé de toutes fes fottifes,
Ne pouvant plus tenir contre tant de beftifes,
Le laiffa par pitié dans fes illufions,
Ioüir paifiblement de fes Commiffions.
Enfin cét étourdi ne voyant plus perfonne,

    * *Il avoit du Bail paffé la Direction du Contrôle.*

A

A qui conter encor la gloire qu'il se donne :
Il sort comme un éclair & s'en va droit au Cours,
Etourdir les badauts de ses fades discours.
Dans ce célebre Cours où tout Bourges abonde,
Ce heros triomphant aborde tout le monde;
Il court dans son ardeur de l'un à l'autre bout,
Il y passe & repasse, & se trouve par tout ;
Il enrhume à la fin si fortement la troupe
De tous les malheureux qui tombent sous sa coupe,
Qu'ils se sauverent tous chacun dans leur Quartier,
Et que dans cette Place il resta le dernier :
N'apercevant donc plus nul espoir d'auditoire,
Il alla se coucher sans manger & sans boire.

　　Toutes ses visions flatent sa vanité,
Mais ne luy donnent pas plus de tranquillité :
Et l'éclat imprevû de sa grandeur nouvelle,
De chimeres sans fin luy broüille la cervelle;
Il s'imagine voit le peuple s'empresser
De venir dans sa Grotte aussitost l'encenser ;
Il faut, sans differer, qu'il s'habille, & se loge,
A ses nouveaux honneurs autrement il déroge;
Il faut de plus qu'il cherche, & qu'il fasse assembler
Les Fripiers de la Ville, afin de le meubler.
Il met vingt fois la nuit la teste à la fenestre,
Pour voir si la clarté commençoit à parestre,
A peine put-il bien attendre le matin,
Pour aller éveiller * Dobremel & Turpin ;
Ils sont déja tous trois à fraper aux Boutiques,
Pour faire sur le champ ses achapts magnifiques.
Ils font lever Torchon, qui leur fait la vergogne,
Ayant sifflé le soir force Vin de Bourgogne,
Chez d'Aunay qui le donne aux autres comme à luy.
Autant abondamment que de l'eau de son Puy :

　　* Dobremel, Tapissier. Turpin, Tailleur qui fit l'habit de Cordeil.

　　　　　　　　　　　　　G

Et de ce biberon, pour conftruire une houffe,
Ils prennent un Cadis de couleur verte & rouffe :
Mais ces trois gros Meffieurs ne s'accommodent pas
Des Satins, des Brocards, des Velours, des Damas.
Ils vont voir de Tribart les Etoffes nouvelles,
Mais pas un feul des trois ne les trouve affez belles ;
Ils vifitent aprés celles de Roberté,
Mais elles ne font pas affez de qualité :
Ils vont de Defnyot fourager la Boutique,
Mais il eft bas percé, pour avoir leur pratique:
A la fin ne trouvant perfonne affez fourni,
Ils entrent chez Bonnet, comme le mieux garni :
On leur détale là toute la Marchandife ;
On expofe au beau iour celle de plus de mife :
Et pour ne battre plus la Ville & le pavé,
C'eft chez luy de ce coup que l'habit eft levé ;
Et cét heureux Marchand a luy feul l'avantage,
De vendre fans nul gain tout le noble apanage,
Parce qu'il luy promet avec fincerité
De ne le pas troubler pour * la folidité :
Il luy fait fon billet caufé pour marchandife,
Payable en fa boutique, à Pâques fans remife ;
Et pendant que Turpin va faire fon habit,
Ainfi que Dobremel la houffe de fon lit,
Le Directeur s'encourt avec impatience,
Chercher un logement de fafte & d'apparence :
En regardant en haut il fait cinquante tours,
Il arpente vingt fois la Ville & les Faux-bourgs:
Cependant à la fin il fixe fa démarche
Chez un certain Tailleur qui fe nomme La Marche,
Chambre & Bouge à loüer, eft écrit fur le mur ;
Voila fans tant courir, fon affaire à coup fûr,
Il voit l'appartement, par tout il le vifite ;

* *Cordeil prenoit le fieur Bonnet pour la folidité de la taxe du Corps des Drapiers de Bourges.*

Il luy plaift, & le prix en eft fait affez vîte :
En voicy le portrait dans fon pur naturel,
Et tout le monde icy fçait affez qu'il eft tel.

On va par la boutique, & par dans la cuifine;
On n'y peut fans peril monter que par machine :
Le pompeux efcalier eft conftruit en façon
D'une viffe fans fin, qui forme un Limaçon.
En tâtonnant des mains, en prenant une corde,
On commence à monter à la mifericorde,
Car on fçait que iamais la lumiere n'y luit,
Et que l'on ny voit pas plus clair qu'à la minuit :
Et pour continuer fa démarche il faut eftre,
Le corps en demi-rond, en forme d'arbaleftre,
Car fi vous n'afourchez, & ne baiffez le dos,
Vous tombez par des trous dans la Cave aux fagots,
Et fans doute en ce lieu vous vous romprez la tefte,
Si pour vous en fauver la main n'eft toûiours prefte :
Quand vous avez gagné le haut de l'efcalier,
Sans vous caffer le cou, & brifer le foulier,
Du grand appartement vous découvrez l'entrée.

Cette Chambre, il eft vray, n'étoit pas fort parée;
Et le premier afpect ne charmoit pas les yeux.
Parce que ce Tailleur, qui n'eft pas fort curieux,
Y mettoit en ce temps toute fa friperie,
Et que tous les Garçons y tenoient leur frairie;
Que l'Hoteffe y fourroit auffi fes vieux drapeaux,
Comme le linge fale, & tous les vieux chapeaux;
Elle eftoit au furplus dans un eftat paffable,
Et cet appartement étoit affez logeable;
Il n'y falloit enfin qu'une Peintre, un Vitrier,
Vn Maçon, un Couvreur, avec un Menuifier :
Ces cinq Gens à la fois pourront affez fans peine,
Reparer tous les trous au bout de la femaine.
Les planchers par malheur étoient diablement bas,
Auffi par cet endroit, l'on aura moins de rats.

La poutre se soutient avec une potence,
Mais l'on poura dormir avec plus d'assurance,
Le plancher est plus ferme, & l'on ne craindra rien
Avec cet autentique & superbe soutient
La muraille est horrible, & toute renversée,
Mais cette chambre aussi doit estre tapissée :
Tous ces petits défauts ne s'appercevront pas
Lorsque la Garniture ira du haut en bas :
Tout cela va fort bien à l'égard de ce bouge,
On le barboüillera de chaux & d'Ocre rouge ;
Et Cordeil homme d'ordre & de precaution,
En fait d'abord ainsi la destination :
Le Bouge servira pour faire la cuisine,
Pour couler la Lescive, & pour coucher * Martine :
La Chambre servira de Sale & de Bureau,
Pour recevoir dedans le monde le plus beau ;
Et pour ne plus passer pour une Friperie,
Son Lit sera couvert d'une Tapisserie :
L'hoste luy donne en outre un Cavot bel & bon,
Pour enfermer son Vin, son Bois & son Charbon.
Cela fait, pour finir plus viste son affaire,
Il cherche de ce pas le Meuble necessaire.

   Nibodau le Fripier luy vend un Matelas
Moitié crin, moitié laine, & tout rongé des rats,
L'Oreiller, la Couverte, avec la Garniture :
Montauit court de son bois faire la fourniture,
Et pendant qu'on fera conduire les fagots,
Il ira marchander un chaudron & deux pots
De terre, s'entend bien, car c'est icy l'usage,
Que telles gens que luy font ainsi leur potage.
Il se fait ajuger dans un petit Incamp,
Pour coucher sa Martine, un petit Lit de camp ;
Avec le Traversin, le Lit & la Paillasse ;

   * *Martine Goupy, Servante de Cordeil, donnée par Madame La Pierre.*

Il s'accommode encor d'une petite Glace ;
Et dans un Lot enfin il a Rechaud, Landiers,
Lich-frite, Poëlon, Fers, Broche & Chandeliers.
Vn Tourneur du Faux-bourg, appellé la Ripaille,
Luy construit une Table, & six Chaises de paille:
Il trouve en s'en allant un Bureau sous sa main,
Qu'on luy vend sur le champ pour un morceau de pain.
Il prend, en attendant qu'il fasse ses emplettes,
Six Cuilliers d'Arquemin, avec six Fourchettes ;
Il se garnit encor d'un Buffet de hazard,
Pour mettre ses Papiers, sa Bouteille & son Lard.
Lamarche luy fournit quatre Piats, six Assiettes,
Six Napes, quatre Draps, avec douze Serviettes,
Iusques à ce qu'il soit dans son brillant atour,
(La Ville de Paris n'étant faite en un jour.)
La Pierre, son ami, fait trouver par sa Femme
Chez un Fripier voisin, une vieille Bergame,
Et luy fait un present de Martine Goupy,
Pour faire son Ménage, & prendre soin de luy :
Elle a l'honneur d'avoir une Niece mignarde,
Et fait toutafait bien la Soupe à la Gabarde.
　　Tout cela bien reglé, d'un mouvement subit,
Il va chez son Turpin essayer son Habit.
S'il se repare un peu, ce n'est pas trop par gloire,
Il en avoit besoin tout autant qu'on peut croire :
Celuy qu'en arrivant il avoit apporté,
De toutes ses façons marquoit l'antiquité ;
C'estoient petits Boutons, petites Boutonnieres,
Et de tous les costez on voyoit des visieres ;
Ample & large en la taille, & sanglé par le bas,
Dont les Manches n'alloient qu'au milieu de son bras :
Vne Veste brocard, de pure Friperie,
Garnie aux Paremens d'antique broderie,
Vn Bas marbré de bleu, du meilleur ravodage,
Que jamais le Pont-neuf ait mis en étalage :

Vn Soulier large & plat, en forme de Sabot,
Propre à reprefenter le Gille, ou le palot :
Vn Chapeau jadis noir, ferré d'une liziere,
Qu'il portoit en nigaud, retrouffé par derriere ?
Vne Perruque rouffe, & d'un air gracieux,
Qui rendoit fon minois drôle & facetieux.
Voila, fans rien changer, fa ftructure parée,
Dont il a fait icy fa magnifique entrée ;
Mais vous allez trouver de la diftinction,
Il changera demain de decoration,
Et d'abord qu'à vos yeux il fe fera paroiftre,
Peuteftre pourrez-vous alors le méconnoiftre.
Sçachez qu'il eft enfin reparé tout neuf,
Que fon habit eft fait d'un tres beau drap d'Elbeuf,
Que fon beau Iuftaucorps eft tout doublé de foye,
Sa Vefte de Velours, du plus beau que l'on voye ;
Qu'il a fait arracher fes Boutons de morceaux,
Qui pour ce riche habit n'eftoient pas affez beaux,
Et qu'il en a voulu d'argent fin, à la place,
Pour honorer l'habit, & luy donner la grace :
Que Lacire luy donne un de fes beaux Dauphins,
Et qu'il vient d'acheter des Bas tous des plus fins :
Qu'il fe vient de fournir d'une Perruque blonde,
Pour fe donner des airs, & charmer tout le monde :
Que la Thielet luy fait de tres beau Linge uni,
Afin qu'il foit enfin toutafait ennobli.
   Voila déja Turpin qui paroift chez Lacire:
Il luy met cet habit, il le dreffe, il le tire :
Il y couft fur le champ tous les plis & replis,
Et tous les ornemens y femblent accomplis.
C'eft alors qu'il fe croit un homme d'importance,
Il eft tout étonné de fa magnificence ;
Il fe regarde alors cent fois dans un miroir,
Il eft plein de luy-même, & charmé de fe voir ;
Il n'a jamais paru fi beau, ny de cet air,

Il admire fa taille il fe croit Duc & Pair,
Il fort enfin, & fait des courfes fans limites,
Il va du ruë en ruë, & rend trente vifites :
Il fe fait remarquer aux Predications ,
Il court avec chaleur les Benedictions ;
On le voit à la fois en diverfes Boutiques,
On le rencontre encor dans les Places publiques,
Et par des mouvemens de refforts fans pareils ,
Vous diriez que la Ville eft pleine de Cordeils.

Par hazard chez Plomet le foir il fe rencontre
De fon nouvel habit tout d'abord il fait montre :
Il affure que tout eft venu de Paris,
Pour le faire briller d'un plus beau coloris ;
Lorfqu'en fort peu de temps vingt perfonnes arrivent,
Qui frapent à la porte, & tour à tour fe fuivent :
Saint Loüet & d'Aunay, tous deux fameux railleurs,
Grands goguenards á gages, & les flaux des hableurs,
Ne luy promettent pas alors des poires molles ;
Ah qu'ils ne perdront pas une de fes parolles !
Vous les voyez tous deux l'examiner de prés,
Pour en faire à loifir d'admirables portraits ;
Demeurez attentifs à ces deux malins peftes,
Ils copieront bien toft les moindres de fes geftes.

Aprés avoir encor parlé de fon habit,
Il fait naiftre par tout un filence fubit,
Mais ce grand babillard interrompt ce filence,
Et par fes grands éclats fe fait faire audiance.
Le voila qu'il fe jette à fes narrations,
Qu'il met fur le tapis fes cinq Directions ;
Vous le voyez d'abord fe perdre en fes Gargottes,
Les pieds, les mains luy vont *ad inftar* des Pagottes :
Quand il en eft bien faoul , il vient à fes Regrats,
Dont le Sel, par malheur, ne chaffe pas fes rats :
Ses Grands Iurez Experts font la plus belle Affaire
Qui peut avoir paru depuis le Miniftere ;

Ces trois Emplois, dit-il, joints aux Arts & Métiers,
Bâtiroient la fortune à quatre Maltotiers;
Mais le Recouvrement des Eaux & des Fontaines,
Les vont en moins d'un mois enrichir à douzaines.
Cette pompeuse Affaire, à laquelle j'ay part,
Doit, sans l'Appointement, me rapporter sans fard,
Pour mes Profits communs soixante mille livres,
Ou bien j'y brûleray mes papiers & mes Livres :
On m'offre pour ma part déja dix mil écus,
Mais ce sont tout autant de discours superflus :
J'en auray quinze, ou rien; encore auray-je peine
A me défaire ainsi d'une si bonne aubeine.
J'eus besoin, pour estre un des Traitans Generaux,
Du credit tout entier de quatre grands Bureaux;
Aussi me voila seur, sans passer en Ecosse,
De Bien pendant ma vie, & d'un petit Carosse,
Et ie veux dans six mois le rouler dans Paris,
Et montrer que ie suis un peu des favoris.
C'est ainsi que ce fou dans ses extravagances
Les étourdissoit tous de ses magnificences,
De son fameux credit, de ses Emplois nouvaux,
De son petit Carosse, & de ses grands Chevaux.
　　D'Aunay le balotoit comme on fait une beste,
Le prenant par les pieds, & tantost par la teste,
Et luy demande alors avec simplicité,
Tous les Interessés de ce riche Traité :
Quel terme pour payer, quelle part il a prise :
De combien le forfait, & quelle est la remise;
De combien en dehors, & combien en dedans,
Ce pauvre sot alors riant entre ses dents,
Qui n'avoit de sa vie entendu tous ces termes,
Et qui fait cependant le Docteur dans les Fermes:
　　Tu * coïones, l'Aunais, avecque ton forfait,
Dit-il, & ce Traité, sans doute, est tres bien fait,

　* *Coïoner, terme ordinaire de Cordeil.*

Et l'on n'y trouvera de forfait ny de crime,
Les Traitans font tous Gens & d'honneur ,& d'eftime.
Tu nous berces encore & l'efprit & le corps,
Avecque ta remife en * dedans & dehors;
Tu ris, mais, s'il te plaift, apprens Maiftre Guillaume,
Que tout eft feurement en dedans du Royaume;
Que rien n'eft en dehors, mais c'en eft bien affez
Pour gagner des tréfors l'un fur l'autre entaffez:
Et noftre remife eft de feize fols pour livre;
Iuge par ce gros guain, fi c'eft la de quoy vivre?
Mais auffi l'autre iour quand nous l'accumulions,
Nous le trouvions monter à quatre millions.

Tout le monde en ce temps penfa mourir de rire,
Et le railleur d'Aunay que l'on voyoit le pire,
Le fçût dans l'entretien fi bien turlupiner,
Que chez fon Chapelier il s'alla confiner,
Laiffant à ce moment à cette Compagnie
Dequoy l'éternifer pendant toute fa vie.

Ce pauvre homme enrageoit dans le fonds de fon cœur
D'avoir efté mené d'une telle vigueur;
Cependant ce fuccés à fes vœux fi contraire,
Ne put pas l'obliger encore de fe taire :
Il part pour Iffoudun le lendemain matin,
Pour y femer le bruit de fon heureux deftin,
Il n'eft pas defcendu dans fon Hôtellerie,
Qu'il eft fur fes Emplois, & fur fa hablerie;
A tous ceux du logis, d'un difcours importun,
Il s'informe des Eaux & Regrats d'Iffoudun,

*Cordeil n'entendoit point le terme de forfait, croyant qu'il fignifioit crime. Il ne fçavoit auffi ce que vouloit dire remife en dehors & en dedans. ayant fait réponfe au Sieur d'Aunay que leur Traité n'eftoit qu'en dedans du Royaume, & qu'ils n'avoient rien hors le Royaume, & qu'ils avoient de remife feize fols pour livre, par confequent le Roy n'en avoit que quatre pour luy.

H

Et le Garçon n'a pas encor tiré ſes bottes,
Qu'il eſt ſur les Experts, & cherche les Gargottes:
Il eſt venu, dit-il, inviter ſes amis.
De découvrir pour luy cinq ou ſix bons Commis.
  Il avoit apporté ſon habit en valiſe,
Il le prend, il s'en va le montrer à l'Egliſe,
Il va ſe publier au milieu des Carfours,
Il court toute la Ville, il retourne aux Fauxbourgs:
Avec tant de viteſſe il traverſe une ruë,
Qu'il ne peut remarquer lorſque l'on le ſaluë;
* Le Receveur du Sel qui le voit tout en eau,
Civilement l'aborde en oſtant ſon chapeau,
Et vient luy demander alors comme il ſe porte,
Mais il marche toûjours, & le vent le tranſporte,
Il luy dit qu'il ne peut retarder un moment,
Et pour une autre fois remet ſon compliment.
Apres cette rencontre il vole, il perd haleine,
Et chacun croit alors que le diable le mene
Mais le brave † Devoy qui le trouve en chemin,
L'arreſte dans ſa courſe, & le prit par la main;
Depuis quand eſtes-vous dans noſtre bonne Ville?
Par ma foy, luy dit-il, vous eſtes bien agile,
Monſieur, ſi vous marchez de même tout le iour,
Avant ſoleil couché, vous ferez un grand tour:
Ne nous venez-vous point donner quelque pratique?
Mais à propos, ma foy, vous voila magnifique,
Vous voulez á quelqu'une en donner dans les yeux,
  D'un eſprit inquiet, & d'un œil ſerieux,
Cordeil luy répondit, rempli de ſes chimeres,
Le Miniſtre me tuë, & m'accable d'affaires;
Ie ne ſçay, mon ami, de quel coſté tourner,

  * *Mr. des Tureaux.*

  † *Mr. Devoy, Subdelegué de Mr. l'Intendant, auquel Cordeil fit la gaſconnade qui ſuit; il le certifiera à tout le monde.*

Quand j'y penſe le moins on vient m'environner
De quatre gros Emplois qui donnent de l'ouvrage;
Avec cet embaras le Miniſtre m'engage,
De prendre encore part dans le Traité des Eaux,
Et ſans eſtre tenu d'aſſiſter aux Bureaux :
Même pour avancer encor plus ma fortune,
Il m'écrit qu'il m'a mis dans la Bourſe Commune;
Monſieur, ſi vous aviez quelques uns á placer,
Ie pourrois ſur le champ vous en debaraſſer :
l'ay beſoin de Commis, & d'un bon Secretaire,
Vous n'avez qu'à parler, ie feray cette affaire ;
Comme ils auront de moy de bons appointemens,
Ie veux avoir auſſi de tres habiles gens.

Cet homme ſi preſſé, qui ne pouvoit attendre
Vne civilité qu'on vouloit bien luy rendre,
Euſt retenu Devoy juſques au lendemain,
S'il n'euſt dit, de rechef en luy prenant la main,
Adieu Monſieur Cordeil, vous perdez la memoire
Que vous eſtes preſſé bien plus qu'on ne peut croire:
Adieu juſqu'au revoir; ſi j'en crois vos amis
Vous n'avez pas beſoin de beaucoup de Commis,
Vous pourrez faire ſeul, ſans craindre un ſort ſiniſtre,
Tout ce que vous tenez de la main du Miniſtre;
Sans répondre un ſeul mot, il retourne chez luy,
Pour diſſiper, s'il peut, en ſecret ſon ennuy,
Mais il tomba d'abord ſur l'Orateur Merolle,
Et ſans luy donner place à dire une parolle :
Le met en l'abordant ſur ſes Emplois nouveaux,
Et ne peut ſe reſoudre á ſortir de ſes Eaux ;
Cette affaire eſt, dit-il, plus grande qu'on ne penſe,
Elle vaut aux Traitans chacun une Intendance.

Ho ho! dit l'Orateur, d'un accent guoguenard,
Pourroit-on, par voſtre ayde, y pretendre une part,
Car ma foy l'Intendance eſt une belle choſe,
Et ſi j'entre en l'Affaire, elle en ſera la cauſe.

Comment par la morbious, vous ! entrer au Traité,
Répond en ce moment Cordeil tout irrité;
Sçavez-vous, mon ami, que pour estre en l'Affaire,
Il faut estre appuyé de tout le Ministere ?
Iarnebious, dit Merelle en le contrefaisant,
Vous estes depuis peu devenu bien puissant,
Car vous estiez, n'a guere en tres mauvaise laine,
Vous n'aviez un habit que de simple Tiretaine,
Avec vos Bas refaits & Souliers sans talon,
Vous n'aviez par ma foy l'air que d'un Pantalon,
Et vous étes déja Monseigneur d'Intendance,
Vous serez donc bien tost Intendant de Finance :
Du moins quand vous serez dans ce poste élevé,
Ne me laissez donc pas battre ainsi le pavé ;
Et si ie ne suis pas Intendant dans l'Affaire,
Que ie puisse du moins en estre un Secretaire.
Ne coïonnons donc point, dit-il en ce moment ;
Mais ie suis le premier en mon Département,
Les Comm's du Berry n'oseroient plus paroître,
Qu'en me rendant l'honneur que l'on doit à son Maître.
Ie regarde apresent les autres Maltotiers,
Comme gens à venir décroter mes souliers ;
I'ay cependant pour vous tant soit peu plus d'estime,
A vous faire du bien mon propre honneur m'anime :
Sans faire plus le fier, quittez vos Sous-Fermiers,
Ie vous veux, mon ami, faire un de mes Croupiers,
Quelque peu que l'on ait dans mes Eaux & Fontaines,
Bientost les cofres forts & les bources sont pleines.
    Quel argent avez-vous à me payer comptant,
Il faut mille Loüis I'en ay du moins autant,
Répondit le Croupier : mais vous, quelle assurance
Voulez-vous me donner pour une telle avance;
Que trouverois-je enfin dans vos Buffets si beaux,
Qu des Exploits moulés, & quelques vieux chapeaux,
    Que peste soit de vous, & que l'aze vous quille,

Sçavez-vous que ie suis l'ainé de ma Famille ?
Que ie suis Directeur des Arts & des Métiers,
Que bien tost mes cadets seront Beneficiers ;
Que mon pere possede un grand nombre de * Mines,
Qu'il a quatre Francs-Fiefs, & deux bonnes Salines ;
Qu'il occupe en sa Ville un des plus fameux rangs,
Et ne s'amuse pas à vendre des harangs.
Apres cela de quoy vous mettrez-vous en peine,
Si ie suis l'heritier d'un si vaste Domaine :
Voila, mon cher Croupier, des trésors inoüis,
Pour répondre à coup seur de vos mille Loüis ;
Si vous en pretendez encore davantage,
Mon Frere engagera son Fond & son Partage.

    Quoy, dit-il, vous avez des Mines à Toulon?
Des Salines aussi, répond-il de ce ton ;
Et sans ambition, toutes des plus salées,
Pour les Fermiers du Roy que l'on ait Gabellées.
Le Croupier jusqu'alors rioit encor tout bas,
Mais il laisse à la fin échaper des éclats,
Qui firent enrager le Traitant des Fontaines,
Et le Seigneur bannal de tant de gros Domaines,
Et dont il ressentit un si grand creve-cœur,
Qu'il l'a donné depuis au diable de bon cœur.

    Ce pauvre homme confus de ne trouver personne
Dans l'humeur d'applaudir aux honneurs qu'il se donne,
Se rappellant encor le funeste embaras
Qu'il eut en cette Ville avec la cage aux rats,
Et s'y voyant par tout tourner en ridicule,
Il va chercher ailleurs un peuple plus credule.

    Il forme le dessein d'aller á Saint Amant,
Il a droit de trouver cet azile charmant ;
Il y voit des Duchets, qui toûjours le nourissent ;

    * *On peut consulter Mr. de Merolle ; pour estre con-*
vaincu que ie n'avance pas une seule parolle qui ne luy
ait esté dite par Cordeil, dans ses extravagances.

Qui dans ſes viſions en tout lieu l'applaudiſſent ;
Luy font ſoir & matin avaller de bon vin,
Et le trouvent doüé d'un eſprit tout divin :
Mais ſçavoir ſi leur cœur répond à leurs paroll. ,
Et ſi ce ne ſont point de pures hyperbolles ?
Ma foy ie n'en ſçay rien, & n'en dis rien ici,
Puiſqu'ils ont leurs raiſons pour en agir ainſi.

   S'en eſt fait, il y vient, il deſcend à l'Image,
Avec ſon bel habit, & ſon noble Equipage ;
C'eſt là qu'il va trouver un fort grand changement ;
Il eſt dans cét hôtel reçû ſplendidement ;
Duchet qui l'attendoit avec impatience,
Accourut ſur le champ luy rendre obeïſſance ;
Et l'homme aux cinq Emplois lui tient ce beau diſcours.

   Eh bien, Duchet, de quoy parlez-vous tous les jours ?
Sçait-on icy que j'ay quatre Affaires nouvelles,
Que mes Patrons m'ont mis du Party des plus belles ;
Que j'ay preſentement les Regrats dans ma main,
Que les Iurés Experts ſuivent le méme train ;
Que je tiens la Gargotte, & la Bourſe Commune,
Qu'un ſeul de ces Emplois peut faire ma fortune :
Que j'auray dans trois mois le Controlle & les Sceaux,
Que j'ay gros intereſt dans le Traité des Eaux ?
Sçait-on à Saint Amand que cette Affaire eſt groſſe,
Qu'elle ſeule me doit faire aller en Caroſſe ?
Monſieur on ne ſçait pas encore tout cela,
Dit Duchet, mais ie crois qu'en bref on le ſçaura ;
* Vous nous aviez bien dit en ſoupant, un Dimanche,
Que tous les beaux Emplois étoient dans vôtre manche,
Que vous aviez en Cour de ſi puiſſans amis,
Qu'il vous faudroit bien tôt trois ou quatre Commis,
Ma foy ce n'eſtoit pas ny chanſon ny chimere,
Et vous eſtiez déja bien ſeur de voſtre affaire ;
Il ne vous manque plus qu'une choſe, à mon gré,

  * *Gaſconnades que Cordeil avoit dites à Duchet.*

Pour mettre voftre fort au fuprême degré,
C'eft de vous faire encor Directeur du Domaine,
Et vous n'y perdrez pas vos foins ny voftre peine;
Croyez-moy, cet objet merite voftre chois,
Et vaut bien tout au moins tous vos autres Emplois :
I'en connois tout le bon, & j'en fçay l'importance,
Et pour vous l'acquerir vous avez la puiffance;
Mais de grace, Monfieur, parmi tous vos honneurs,
N'allez pas oublier vos petits ferviteurs.

    Cet avis, à mon gouft, feroit tres falutaire,
Mais il n'en veut aucun; c'eft à vous de vous taire,
Maiftre Duchet, il faut le laiffer achever;
Si vous l'interrompez vous le ferez crever :
Puifque vous l'écoutez, prenez-y patience,
Il faut jufques au foir luy donner audiance.

    Mon cher ami Duchet, lors lui dit-il tout bas,
Convenez franchement que vous ne fçaviez pas
Quel eftoit mon credit, ny qui ie pouvois être;
Ie veux en peu de temps vous faire reconnêtie,
Qu'il ne vous faut au plus que ma protection,
Pour vous faire donner une Direction;
Que lorfque vous fçaurez un peu me fatisfaire,
Vous aurez plus d'employ que trois n'en pourront faire :
Que pour nos Directeurs j'ay déja fait les frais
De les envoyer tous bientoft paiftre au marais.

    Adieu l'heureux Iafon, ce Milord d'importance,
Qui fait le rodomont, & l'homme de Finance;
Ie vais me preparer à luy donner fon fac,
Et l'envoyer en bref parfumer fon Tabac :
Puifqu'il a le malheur d'avoir fçû me déplaire,
Malgré tout fon credit, je pretens m'en défaire.

    Salut au beau Timandre avec tous fes galons,
Qu'on luy voit tous les jours pendre jufqu'aux talons;
Adieu ce beau blondin, & cet homme à conqueftes,
A qui l'amour fournit des palmes toûjours preftes;

Les Dames chomeront alors pour bien du tems,
Car Bourges ne verra jamais de tels Galans.
　Adieu pareillement le brave Cleobule,
Qui ne parle iamais fans un grand preambule,
Et pour dire deux mots, vous fait de grands fermons,
En figurant des mains, & faifant deux mentons.
Serviteur auffitoft à quatre autres vifages,
Qui font à mes dépens tous leurs apprentiffages ;
Ie vais, en moins d'un mois, envoyer au petard
* Vn Coquille, un Laffon, un Huber, un Gamard ;
Que ces petits Commis de nouvelle fabrique,
Ailleurs hors de mes yeux aillent chercher pratique ;
Et s'il me p'aift ainfi, d'un feul tour de ma main
Ie puis les faire tous déguerpir dés demain :
Sans excepter encore un brave de la Planche,
Qui porte fa nobleffe en éclat dans fa manche,
Ie l'enverray d'abord, ce fameux emballeur,
Battre monnoye à froid avec fon Controlleur.
En feroif je peut-eftre autant au Secretaire,
S'il n'euft pas eû l'efprit d'appaifer ma colere,
Et s'il ne m'avoit pas tout d'un coup reparé
Le funefte deffein qu'il m'avoit preparé.
　Voila, fans me venter, quelle eft ma deftinée,
Que les riches Emplois me † pendent tous au née,
Et que pour tous ces gens je n'ay rien qu'à parler,
Pour les faire à mon gré doucement détaller,
Mais enfin de cela gardez bien le filence,
Allez, laiffez agir feulement ma prudence,
Vous verrez ce que vaut un Patron tel que moy,
Si puiffant en amis, & fi connu du Roy.

　* *Quatre Ambulans des Controlles des Actes & des Mariages*

　† *Cordeil a dit à Duchet & à vingt autres, ce propre terme, que tous les Emplois du Berry luy pendoient au née, belle expreffion !*

On a vû de quel air j'ay puni l'arrogance
D'un coquin de Blondel qui poussa l'impudence,
Devant Sire Vincent, Cuzn & Bararon,
Iusqu'à me menacer de cent coups de bâton,
Et me venir chez moy donner les etrivieres,
Ils furent étonnez des paisibles manieres,
Dont je sçus dans l'inftant appaifer fa fierté :
Par grandeur d'ame enfin je me fuis contenté,
De luy faire fentir ma vengeance en cachette,
En le faifant d'icy déloger fans trompette,
Et l'exilant d'abord au bout du Limofin,
Pour y faire un Employ de fimple Fantaffin.
Mais s'il fe peut jamais retrouver fous mes pattes,
Ie luy veux repaffer le corps à coups de lattes,
Et faire reffentir la force de mon bras,
A ce maraut qui m'a traité du haut en bas,
Comme j'ay déja fait à l'horrible Colloffe,
Que je veux deftiner à trainer mon Caroffe,
Au monftre de Breton qui fe donnoit un air,
Avec fon Saint Loüet, de me traiter de pair,
A grands coups de tricos fur cette corporence,
I'en fis voir fur le champ la groffe difference,
Et fi je puis jamais le retrouver * au Blanc,
Il en poura peût-être avoir encore autant ;
Mais ce fera fans doute alors à coups de gaules,
Propres à redoubler de pareilles épaules :
I'aurois fait fans manquer un pareil traitement,
Au pauvre Coûturier, ce petit garniment,
S'il n'étoit accouru pour fauver la ramaffe,
Se jetter à mes pieds & me demander grace :
Voilà mon cher ami le regal imprevû,
Pour qui ne me rend pas le refpect qui m'eft dû.
   Enfin pour revenir au Domaine du Prince,
Quel relief me peut-il donner dans la Province ?

   * Le Blanc, Ville du Berry, où demeure Le Breton.

I

J'ay songé quelque temps à me le procurer,
Mais voyant qu'il ne peut que me deshonorer,
J'en ay fait dés long temps un refus legitime,
Et c'est par où j'ay crû m'atirer de l'estime,
Toute Direction autre que pour le Roy.
A parler bon François est indigne de moy,
Je ne me charge point de ces sortes d'affaires,
Je les laisse en rebut à mes pauvres Confreres ;
Au surplus, cher Duchet, ne doutez nullement,
Que je ne vous assure un établissement,
Je suis toûjours porté par zéle & par justice,
D'élever ceux qui sont vouez à mon service,
Mais aussi quittez-moy Saint Loüet & d'Aunay,
Le dernier me desole & c'est un vray damné,
Qui tous les jours de Dieu se met sur mon chapitre,
Pour me faire passer pour un menteur en titre,
Et par ses airs railleurs & par tous ses hauts cris,
L'emporte en un instant sur tout ce que je dis,
Pour ce diable fieffé, j'ay tant d'antipathie.
Quiconque à mon sçû se met de sa partie,
S'atire sans retour, ma haine & mon couroux,
Et si vous le voyez je veux rompre avec vous.
    Mais ce qui m'a donné la vogue dans le monde,
Et qui porte mon nom sur la terre & sur l'onde,
C'est d'avoir de plein pied détrôné des premiers
Le celebre Dejean de ses Arts & Métiers.
Ce remarquable employ, dans toute la Province,
Me fait de toutes parts reverer comme un Prince,
Et chacun en tous lieux vient audevant de moy,
Avec mille respects m'honorer comme un Roy.
C'est par là qu'on me voit briller à l'Intendance,
Entrer au Cabinet de plein droit sans licence,
Aller cabrioler dans tout l'Apartement,
Et faire de l'Hôtel le lustre & l'ornement.
Je conviens que ce n'est que ma seule personne,

Qui donne à cet Employ l'éclat qui l'environne,
Et qu'ez mains de Dejean, dont l'horrible deffaut,
Fut de n'en pas porter la pompe comme il faut ;
Il perdoit tous les jours ses splendeurs éternelles,
Et n'étoit pas plus beau que celuy des Gabelles;
Mais aussi dans les mains du celebre Cord.il,
C'est aprez l'Intendance un poste sans pareil,
Qui par sa dignité sans brigue & sans caballes,
Mene en ligne directe aux Fermes Generales.
Aussi remarquez-vous le miracle important?
De m'être ainsi saisi de ce poste éclatant.

Mais ce n'est pas assez , j'ay des droits legitimes,
De chasser ce Dejean encore des Decimes.

Quoy ! cet homme imprudent est luy-même assez sot,
Pour s'en approprier sans me dire un seul mot,
Voyant si clairement que c'estoit une affaire ,
Que l'on me destinoit , & qui pouvoit me plaire ,
Ie luy feray bien-tost connoistre sans cartier,
Qu'une telle Recette étoit de mon Gibier.

Eh ! pourquoy croyez-vous enfin que * je caresse,
Monsieur de Montreal avec tant de bassesse,
Et luy fais si souvent de somptueux repas?
Est-ce pour ses beaux yeux ou pour ses grands appas,
Vn homme de mon poids en usant de la sorte,
Doit sans doute en avoir une raison bien forte,
Que je ne jette pas mes poudres au moineaux,
Lorsque je donne ainsi mes liqueurs & mes eaux ,
Avant qu'il soit un an je veux dixmer l'Eglise,
Et m'aller faufiler avecque la Prêtrise ,
Ce party dans mon sens n'est pas des plus mauvais,

* On connoist à quel degré l'extravagance de Cordeil
estoit montée, d'oublier par ses discours insolens ce qu'il
devoit au rang de Monsieur de Monreal, dont la haute
Vertu, qui brille en sa Personne Illustre, luy attire les
cœurs & le respect de tout le monde.

Et je veux affembler la Guerre avecque la Paix,
Ie veux de mon Cadet faire encore un bon Preftre,
Qui n'a point de talens & de Latin pour l'eftre,
I'en prétens mettre encore un fecond au Couvent,
Pour me voir en ce temps feul au deffus du vent,
Et par l'heureux canal d'un couple de Breviaires,
Me faire tous mes fonds pour mes groffes affaires,
Il a .ra la vertu de ces deux Cavaliers,
De faire fur le champ deux bons Ben ficiers.
Ie fçay que pour me plaire il n'eft rien qu'il ne face,
Et ce credit fans doute eft de grande effi.ace,
   (Toy de qui la vertu brille avec tant d'eclat,
Illuftre Monreal, digne choix d'un Prélat,
Que nous voyons celuy du plus grand Roy du monde
En qui tout le merite & la fageffe abonde,
Et dont l'efprit fublime, & les talens divers,
Portent déja la gloire au bout de l'univers,
Vn indigne fujet que l'intereft anime,
Peut-il feduire ainfi ton cœur fi magnanime?
Et cet homme fordide, avecque fes repas,
Peut-il te captiver pour des fujets fi bas.
Illuftre Monreal, connois fes caracteres,
Et ne fois plus fa dupe en toutes fes affaires.
Ce faquin reveftu d'un miferable Employ,
Au bruit de tout le monde eft indigne de toy.)
   Avec fon flux de bouche il parloit de la forte,
Lorfque pour l arrefter Duchet enfin l'exhorte,
D'aller prendre chez luy part d'un petit repas.
Il avoit appetit, il ne s'en deffend pas,
Il avoit déja veu dans quatre ou cinq voyages,
Que Duchet en repas luy rendoit fes hommages,
Qu'il trouvoit avec luy bonne chere & grand feu,
Que chacun en ce lieu luy rendoit par aveu.
Il luy demange bien par l'endroit qu'on le grate,
Cordeil à ce repas s'épanoüit la rate.

La fanté de Cordeil fe redouble vingt tours,
Avec de grands refpects on boit à fes amours,
Il rit, il hable, il chante, il fifle des narines,—
On l'entend gafconner des Boutiques voifines;
E· heros de la table il prend un ton fi haut,
Qu'on croit que chez Duchet on eft à faire affaut,
Ou par Ordres exprez que la Maréchauffée,
Pour quelque grands proiets s'eft là toute amaffée.

Ie ne vous diray pas tout ce qui fe paffa,
Perfonne n'oferoit entreprendre cela
Puifqu'une heure de temps ne pouroit pas fuffire,
Pour faire le rapport de tout ce qu'il pût dire.
Ie mets tout fous filence, & diray feulement,
Que dans cette rencontre il eut contentement,
Et qu'il s'en retourna pour une prompte affaire,
Bien content de Duchet, & de fa bonne chere;
Mais plus de ce qu'il a fottement avalé,
Le plaifant galbanum dont il l'a regalé.

Remarquez en paffant qu'on ne fçauroit comprendre,
Comment par ce fot homme il s'eft laiffé furprendre,
Comment il a gobbé toutes fes fictions,
Dans l'efpoir d'attraper quelques Directions;
S'il n'en avoit pas vû le portrait veritable,
Par quelque endroit caché feroit-il excufable?
Mais il a fçû cent fois que c'eft un vray Gafcon,
Qui donne affez d'emplois en vuidant le flacon.
Qu'àpeine avec fes airs & fon credit fupreme,
En peut-il attraper un mefquin pour lui-même.

Cependant à la fin Duchet eft empaumé,
Vous n'y ferez plus rien, il en eft tout charmé;
Il eft perfuadé que fa fortune eft faite,
Cordeil eft fon Heros, Cordeil eft fon Prophete:
Sur l'efpoir de l'appuy d'un fi grand Protecteur,
Il fe forme le deffein de perdre un Directeur.
Sans le nommer icy l'on fçait qui ie veux dire,

Déia d'un même accord la parenté conspire,
La matiere est ouverte & les fers sont au feu,
La fourbe & le mensonge y vont iouer leur ieu.
Les trois freres unis font déia leurs intrigues,
Pour tracer de concert tout le plan de leurs ligues.
Ils sont déia tous trois appliqués tout le iour,
Pour écrire à loisir des lettres tour à tour,
Pour semer l'imposture avec la calomnie,
Enfin ils ont fini toute leur litanie,
Le pauvre Directeur sans resource est perdu ;
Cordeil est à sa place, & Perron confondu,
Ils ont de Saint Amand la Ferme à force ouverte ;
Leur fier Antagoniste est au iour de sa perte,
Il en est devenu déia tout arrogant,
Il ne regarde plus personne à Saint Amand :
Les Sergents de Gabelle & les Huissiers des Tailles,
Depuis qu'il est Cordeil ne font que des canailles,
Du Bosq est un busard, Sorcin est un gredin,
Le Boisle un vieux penard & vray grille-boudin ;
Ces trois originaux sont de plaisans visages,
Pour esperer de faire avec luy des partages :
Il ne reconnoist plus de Sergents ny d'Huissiers,
Il ne commerce plus qu'avec les Officiers ;
Il fait le President au milieu de la Place ;
Avec le petit peuple il est froid comme glace ;
Et par un changement qui n'a point de pareil,
Duchet n'est plus Duchet depuis qu'il est Cordeil ;
Et de ce Protecteur les façons coutumieres,
L'ont rendu tout gascon de toutes les manieres.
Archers, Sergens, Huissiers, Granchamps & Cornereaux
Vous estes à present de plaisans étourneaux,
Aprenez s'il vous plaist, petits Sergens de balle,
Qui vous mélez icy de faire une caballe,
Les respects qui sont dus aux plus simples Commis ;
D'un Traitant soutenu par de si grands amis,

Dont le credit suprême & la haute puissance,
Fait d'un seul tour de main mouvoir toute la France,
Sçachez vous-même aussi petit Seigneur Vauvray,
Qui croyez que de vous on doit estre enyvré,
Que vous avez perdu le tiers de vostre lustre,
Depuis que Cordeil rend Duchet un homme illustre,
Et que vous, aussi bien que tout vostre Escadron,
Vous devez devant luy baisser le Pavillon,
Et donner ordre exprez à vôtre Compagnie,
De rendre les devoirs dûs à sa Seigneurie.

Officiers du Grenier & de l'Election,
Reprimez tant soit peu vos airs d'ambition,
A Cordeil dans Duchet allez tous rendre hommage,
Et briguez le credit de son premier ouvrage:
Messieurs les Officiers je viens vous avertir,
Qu'il a soixante Huissiers toûjours prests à partir;
Si vous luy déplaisez craignez quelque infortune,
Il vous abîmera pour la bourse commune,
Aprenez en un mot le sort qui vous échet,
Si vous n'honorez pas sa personne en Duchet.

Envisagez aussi la fierté de ses Freres,
Qui font dans Saint Amand les Plenipotentiaires,
Remarquez ce mâtin, & ce gros bouffelabart,
Comme il fait le pedant, & le franc jacquemart;
Vous diriez à le voir se marcher en cadence,
Que la Ville est trop peu pour remplir sa prestance,
Parlez de ce gros fat à ce petit Greffier,
D'une insolence encore à faire icy le fier,
Ce petit iodelet fait tout exprez pour rire,
A la présomption de croire qu'on l'admire :
Enfin ils pensent tous estre des souverains,
D'avoir pour leur patron le heros que je peins.

Mais il est reparty, suivons-le dans la Ville,
La curiosité n'en est pas inutile,
Ne l'abandonnons point, peût-être à son retour,

Trouverons-nous encor quelques lettres de Cour,
Peût-être à l'avenir le Miniftre en veut faire,
Le Chef en fon Confeil de quelque groffe affaire,
Voyons du moin s'il a les Procurations,
Qu'il attend de Paris pour fes Directions:
Mais helas iuftes Dieux ! ô difgrace fatale !
O malheureux effet d'une indigne Caballe !
Ses Châteaux font fapez, le Caroffe eft à bas,
Salut à la Gargotte, aux Experts, aux Regrats,
Labat a les derniers. Plomet a la Gargote,
D'Aunay pour fes Experts luy donne d'une botte,
Adieu fans nul recours ces trois Employs fi beaux,
Vn coup de vent a fait tout tomber dans les eaux :
O tempefte imprevûë ! ô deftin adverfaire !
Il eft nud comme il vint du ventre de fa mere,
Et ce pauvre marchand n'a plus dans fes paniers,
Que les reftes affreux de fes Arts & Métiers.

Fin du Cinquiéme Chant.

SIXIE'ME CHANT.

C'EST un féble plus grand que nous ne pouvons
  croire,
De chanter le triomphe avant noſtre victoire;
Et c'eſt aux gens de cœur un funeſte party,
D'en avoir dans la ſuite un cruel démenty.
L'infortuné Cordeil ſe voit dans cette eſpece,
Ce ſot, ſans certitude, avoit eû la fébleſſe
D'annoncer qu'il avoit quatre Directions:
Tout échape à la fois à ſes predictions:
L'on voit en un inſtant que chacun le dépoüille,
Et que tous ſes Emplois vont en broüet d'andoüille;
Que le petit Caroſſe eſt au haut du Grenier,
Si ce n'eſt par hazard le Caroſſe á Garnier:
Celui-la franchement n'eſt pas trop raillerie,
Et perſonne en Berry n'aura de Métairie,
Qui puiſſe rapporter de ſi gros intereſts,
Que luy font ſes Huiſſiers avecque tous leurs frais;
S'il en pleut tous les mois une ſource ſi groſſe,
C'eſt ſans difficulté qu'il aura le Caroſſe:
Mais laiſſons quelque temps ce gros article à part,
Et quittons un moment le ſtile guoguenard.
 Ah Ciel, quel changement! Cordeil n'eſt plus viſible,
Il eſt enveloppé dans un chagrin terrible:
Ce courier eternel eſt devenu hibou,
Il ne ſort que la nuit, le iour il eſt au trou:
Il écrit à Paris des Lettres éternelles,
A ce qu'il a d'amis il mande des plus belles;
Il eſt ſur ſon tapis à griffer tout le iour,
Pour ſe faire employer, il fait ainſi ſa cour;
Sa langue eſt retranchée, il n'a plus que la plume,
L'œil luy roule à la tête, & ſa bouche en écume,

K

Sçavez-vous le sujet de ses attachemens,
Et ce qui cause en luy de tels égaremens?
Il fait plusieurs projets de Lettres infinies,
Pour tracer le mensonge, & mille calomnies
Qu'il invente à loisir contre les Employés,
Que ce fourbe prend tous par la teste & les pieds.
On ne voit que trop bien que ce maraut ne bute
Qu'à profiter par là des malheurs de leur chûte,
Et nul, à mon avis, ne peut estre en suspens,
Qu'il veut se rétablir à leurs propres dépens.
Aussitost qu'il arrive il fait ces incartades,
* Décrire tous les jours contre ses Camarades,
De repandre contre eux le plus cruel poison,
Dans l'infame dessein d'en faire sa moisson.
　　Dieux! vengeurs des forfaits, souffrez-vous sur la
　　　terre
Ces diables acharnez à nous faire la guerre!
Mais pourquoy recourir à la foudre des Cieux?
Pour en exterminer ces cœurs pernicieux;
Laissons-les quelque temps regner en patience,
Le fin des imposteurs doit estre la Potence.
Si Cordeil en ce lieu veut s'appliquer ce vers,
Il n'est pas, en ce genre, unique en l'Vnivers;
On ne trouve que trop, sans lire la Cronique,
De ces Monstres maudits, pires que ceux d'Afrique,
Qui sous un beau dehors viennent de pur dessein
Nous porter tous les jours le poignard dans le sein.
En attendant la peine, & le juste suplice,
Des coquins que l'on voit entachés de ce vice,
En toute occasion, l'on doit leur faire affront,
Les fuir comme la peste, & les marquer au front:
On ne peut jamais faire une assez grosse injure
Au diabolique esprit qui seme l'imposture.
Le mensonge à Cordeil fut un arbre sans fruit,

　* *Cordeil en a esté convaincu par ses propres Lettres.*

Ses Libelles affreux n'ont enfin rien produit;
Et le fourbe qu'il eft, demeure la victime
De ceux qu'il noirciffoit de quelqu'ombre de crime;
Cependant le deftin qui ne délaiffe pas
D'eftre fouvent propice aux plus grands fcelerats,
Luy diftribue encore une faveur infigne,
Quoyque cet animal foit tout-a-fait indigne
De la Commiffion qui vient à fon fecours,
Qui de fon efperance eftoit le feul recours.

Le Traité du Controlle eftant enfin à terme,
Par un nouvel Edit, on en fit une Ferme,
Et le grand Bourvalais, dont il eft favori,
Se fit par fur enchere adjuger le Berri.
Ce n'eft plus aprefent fiction ny chimere,
Cordeil eft Directeur de cette belle Affaire.
Feray-je le recit de fes raviffemens,
De fa rodomontade en ces premiers momens?
Non je veux mettre fin à fes metamorphofes;
Cependant il me refte encore bien des chofes,
Que je veux raconter d'un ftile racourcy,
Et je commenceray d'abord par celle-cy.

Avec le Directeur du Domaine du Prince,
Il plaida pour les Sceaux de toute la Province,
De part & d'autre on vit des affignations,
Reponfes, contredits, avec productions,
Et le pauvre Cordeil qui ne fçait pas fa langue,
S'avifa de luy faire une longue harangue,
D'ecrire en fa Replique, & de repeter BIS.
Que cette affaire étoit jugée *in terminis*,
Comme fi ce brutal qui ne parle que Ferme,
Sçavoit interpreter le vray fens de ce terme,
Mais auffi fur cela chacun le nomma-t'on,
Docteur IN TERMINIS à grand tour de bâton;
Et les Clercs par mépris alloient en reverence,
Rendre tres-humble hommage à cette Doctorence;

Mais donnons cet écrit à nos Clercs de Palais ;
Et laissons ce Docteur quelque moment en paix,
Que dis-je une autre histoire à mes yeux se rencontre ;
Dont je veux franchement icy faire la montre.
Le Marquis de Cordeil ce Prophete Royal,
Veut mettre son beau nom au Grand Armorial,
Et graver à jamais dans l'etat de la France,
Ses fameux Ecussons & sa haute alliance,
Venez aprendre tous le stile curieux,
Dont il sçait embellir ce trésor precieux,
Ie veux vous en tracer la fidele copie,
Telle qu'elle est en prose & non en poësie,
I'y joins pour l'affirmer le vray Certificat,
Du Controlleur l'Epy , du Directeur Labat;

B L A Z O N.

Que Cordeil a fourni, rapporté mot pour mot, ainsi qu'il ensuit.

Joseph Dominique Cordeil, Fils à Pierre, & funte Guillemette Maturine Coüillebault, Sr. de la Potensardiere , Fille de M. Jean Coüillebault Sr. de la Pontensardiere , & de Nicole Gobiere , Directeur & Receveur General des Auditeurs des Comptes des Arts & Métiers du haut & bas Berry , des Jurez-Experts, des Regrats , des Bourses communes, de la Gargotte & autres Affaires extraordinaires pour le Roy.

Porte écartelé au 1. & dernier de gueulle à la Corde d'argent, qui eſt de Cordeil, au 2. & 3. d'or au pal de ſable, qui eſt de la Potenſardiere pour ſupoſts deux Vautours, & en Cimier une' Harpie couronnée : qui ſont les Armes de ſes Ayeux ce qu'il certifie veritable aux peines de l'Ordonnance.

Vn Poëte bouffon fondroit en railleries,
Sur le simple raport de telles Armoiries :
On y trouve par tout sujet à commenter,
Pour peu qu'on veuille bien tant soit peu s'arrester :
Primò que veut-il dire avec son fils à Pierre ?
Sinon d'en faire icy rire toute la terre,
Et donner aux railleurs un plaisir sans pareil.
Fils à Pierre à present, & ce n'est plus Cordeil.
De grace qu'est-ce encor ? que (funte Guillemette)
Ce nom n'est pas plus beau que celuy Perrette,
Ce plaisant mot de (funte) encor me divertit,
Et je suis bien trompé si le monde n'en rit.
Aussi bien nous avons des guoguenards en titre,
Qui fondent en éclats sur un moindre chapitre.
Maturine ... encor mieux ... autre nom que voilà,
Fils à Pierre pour vray tient bien de celuy-la,
Et même l'on devroit au lieu de Dominique,
L'apeller Maturin * cela de soy s'explique.
Trouvez sous le Soleil un pareil Boutadier ?
Et je veux de bon cœur devenir moutardier.
Mais passons aux surnoms de la Pontensardiere :
La longueur fait connoître une noblesse entiere ;
Ce nom a ce me semble un sens bien positif,
Et l'Ecu dans la suite y sera relatif.
Achevons de placer au sommet du Parnasse,
Les Surnoms immortels de cette auguste race,
Fille de la Gobiere, & de Iean Couillebault...
Par ma foy de ce coup j'en tombe de mon hault,
Si l'on peut me montrer des noms qui soient plus drolles,
Ie donne sans regret trente bonnes Pistolles,
Tout du plus bel Argent dont j'ay jamais vécu.
C'est assez sur les noms voyons un peu l'Ecu,
A la corde d'argent, si j'avois de telles Armes,
Ie sentirois souvent de terribles allarmes
Ie croirois prés de moy voir toûjours un Boureau,

Auſſi j'y trouve un Pal, c'eſt-à-dire un Poteau,
... Corde ... Poteau ... Potence ... en la Pontenſardiere,
Iuſte Ciel ie ferois ſur le champ ma Priere,
Et dés que i'entendrois entonner un *Salve*,
Ie dirois l'*In manus*, le **Pater** & l'*Ave*;
Sortons de l'Ecuſſon, laiſſons-là tout le reſte,
Et n'examinons plus un endroit ſi funeſte;
Venons enfin ... au Champ ... de gueulle eſt à mon ſens
Vn obiet en ce lieu des plus divertiſſans :
Peut-il pas denotter une gueulle affaméé ?
Et puiſque la matiere en vient deſtre entamé,
Son Lacire eſt vivant, on peut luy demander
De quel air ce Docteur ſçait chez luy debrider;
Ce pauvre Chapelier fut bien pris à la mine,
Du trompeur Fils à Pierre & de la Maturine;
Car ſur les douze ſols il en faut ſix en pain,
Iugez combien Lacire y peut faire de gain,
Il eſt vray que la belle & ieune Chapeliere,
Peut ſe recompenſer ſur une autre matiere,
Ie dirois ſi i'eſtois tant ſoit peu médiſans,
Qu'il n'eſt pas a ſes yeux tout-à-fait déplaiſans .
... L'autre Champ de l'Ecu, pallé d'or & de ſable,
Ie trouve en celuy-là beaucoup de veritable,
Fils à Pierre eſt remply d'un ſable bien mouvant,
Et ie l'ay déia dit vingt fois auparavant,
.. Allons aux ornemens .. deux Vauxtours en ſupoſt,
.. En bonne verité voilà de vilain Roſt,
Et ſi dans ce feſtin dont tous les iours il gronde,
Il euſt de ce gibier fait regaler ſon monde,
Il n'euſt pas tempété contre ſon Hôtellier,
Et fut venu coucher avec ſon Chapellier.
.. Le Vautour ſignifie un Oyſeau qui devore,
Ce ſupoſt ne vaut rien, & n'a rien qui l'honore,
Car ces diables d'oyſeaux marquent trop clairement,
Ce que Cordeil a fait dans ſon recouvrement.

Mais ô Ciel · faloit-il encore une Harpie,
Pour couronner enfin cette noble Armoirie.
En un mot cher Docteur, pour repasser le tout,
Et pour le parcourir de lun à l'autre bout,
Convenons que voilà des Armes trop parlantes,
Es qu'il vaudroit bien mieux vendre toutes ses rentes,
Afin de les éteindre, & pour en accenser,
Sur qui l'on put avoir moins à paraphraser,
Et i'irois sur le champ ietter à la voirie,
L'Ornement & l'Ecu d'une telle Armoirie.

Revenons au Controlle & remarquons un peu,
De quel air Fils à Pierre y va ietter son feu;
Contemplez sa demarche, observez sa figure,
Voyez comme il bouffit, écoutez comme il iure;
Prestez-luy des mouchoirs, le voilà tout en eau,
Avec de bons frotoirs, nttoyez-luy la peau,
Ouvrez viste la porte & toutes les croisées,
Il est prest d'etouffer de toutes ses pensées.
Voilà le grand effet des operations,
Qui font naître en son cœur ces revolutions.
Mais ne le troublez plus il fera des merveilles,
Il proiette déi des choses non pareilles,
Voyez-le? sa grande ame y donne tous ses soins,
Il va vous l'augmenter d'un bon tiers pour le moins?
Ce zelé Directeur fait de grandes tournées,
Toutes choses par luy font bien examinées,
Il travaille beaucoup quoy qu'il ne fasse rien,
Dans tout ce qu'il tracasse il ne voit rien de bien;
Il fait en marmotant des exclamations,
Ce font à chaque mot mille contorsions,
Il retressit son nez, il vous ouvre la bouche,
Il alonge sa langue, il prend un œil farouche,
Il se serre les points, il frappe des deux pieds,
Les Commis des Bureaux en font tous effrayez,
En faisant le Roland ou l'Amadis des Gaules,

El vous ouvre un Regiſtre en hauſſant des épaulles;
Et ce Bliſtre fieffé ſans regarder dedans,
Gronde avec impudence une heure entre ſes dents.
Ne vous oppoſez point à l'ardeur qui l'enflame,
Et laiſſez-luy jetter tout ce qu'il a dans l'ame,
Ne l'interrompez point vous n'aurez de vos jours,
Dans Boccalſe & Boileau veu de pareils diſcours,
Ca qu'on ſe taiſe vîte & qu'on faſſe ſilence,
Voila chers Auditeurs le Docteur qui commence,
Il a déia touſſé comme un Predicateur.
Preſentement il prend le ton de l'Orateur,
N'en perdez pas un mot, tout aura ſon merite,
Vous allez écouter quelque choſe d'elite.

      Il iette avec chaleur d'abord ſes yeux au Ciel,
Et donnant triſtement des marques de ſon fiel,
* Il dit dans ſon delire & dans ſa letargie,
Au ſecours ... qu'aperçois-ie ô l'horible regie !
O Ciel ! quel Directeur, quels diables d'Ambulans!
S'ils avoient tous été tant ſoit peu vigilans,
Ie comprens bien déia que ces fameux Controlles,
Auroient produit par an trois milliers de piſtolles,
Encore à parler net, ſi ie m'en fuſſe mis,
I'aurois payé de plus les gages des Commis;
Ie ne m'étonne plus du moment que i'y penſe,
Si ces droits tous les iours alloient en decadence,
En pouvoit-il iamais arriver autrement ?
A voir de tous coſtez un tel dereglement;
Pas un droit bien tiré, pas un mot ſans rature,
Des blancs de toutes parts, c ot fautes d'ecriture;
Si ces gens y reſtoient, que ie ſois confondu,
Si dans ſix mois au plus tout n'euſt eſté perdu,
Ie meure iarnedious ſi i'ay veu de ma vie,
Par tout où i'ay paſſé de telles broüilleries,

      * Il n'y a pas un Bureau ou Cordcil n'ait dit tou-
tes, ces extravagances, & ces pauvretez, ce ne ſont point
des hyperbolles ny des fictions.

                                               L.

Sans parler des abus & des obmiffions,
Que le moins clair-voyant voir à confufions,
Ie ne puis revenir de cette negligence,
Quoy qu'on en puiffe dire, & quoy que l'on en penfe
I'en donnerai l'avis, & ie veux des premiers,
De ce defordre affreux écrire à nos Fermiers ;
Ie fçay bien en cela que rien ne les regarde,
Mais dans ce nouveau Bail du moins ils prendront garde,
Que ce pauvre Controlle étoit perdu fans moy,
Et fans aucun recours confifqué pour le Roy :
Mais enfin je le tiens & i'ay du fçavoir faire,
Pour rendre par mes foins le luftre à cette affaire :
I'en connois le tres fond , & ne veux qu'un moment,
Pour y faire paroître un ioly changement.
Sur le fuccez certain du proiet que ie trace,
Ce malheureux Traité va bien changer de face ,
Et ie gage ma tête avant qu'il foit un mois,
Que ie fais revenir deux mil Ecus de droits ;
Et que devant un an ie le mets fur le pied,
D'augmenter cette Ferme au moins de la moitié.
Sans me vanter de rien i'ai certaine methode,
De mon invention & dont ie racomode,
Ce qu'on trouve en tous lieux des plus defefperé,
Et dont tout à la fin fe trouve reparé.
Illuftre Bourvalais , vous dont l'efprit fublime,
Vous acquiert du Miniftre une fi haute eftime,
Qui malgré les ialoux & tant de mécontans,
Paffez fans contredit pour la fleur des Traitans,
Que n'eftes-vous alors à Bourges pour entendre,
Le fermon du Docteur que vous avez fçû prendre,
Si vôtre grand merite & voftre fort heureux,
Ne vous eût pas conduit au comble de nos vœux,
Pour arriver bien-toft au haut de la fortune,
Par une route aifée, & même affez commune,
Il ne vous faudroit plus que le docte Cordeil,

Dont vous ne trouverez de vos iours le pareil,
Et vous feriez par tout des gains * extr-ordinaires,
S'il étoit Directeur de toutes vos affaires,
Puisque sur celle-cy qui vous faisoit pitié,
Il vous fait d'un coup d'œil profiter de moitié,
Voyez ce qu'il fera quand par reconnoissance,
Vous luy mettrez en main des Emplois d'importance.

Mais pour ne point railler ce grand fendeur de bois,
A nous parler sans fard est-il de vôtre choix,
Du moins faites-vous fond sur ses grandes prouesses ?
Et vous reposez-vous sur ses belles promesses ?
Si d'un pareil espoir il a sçû vous flater,
Vous aurez à la fin beaucoup à décompter.
Mais patience enfin, le temps est un grand maître,
Dans quelque peu de mois vous pourez le connoître,
Vne chose aprésent que vous ne sçavez-pas,
Et dont vous devriez faire un peu plus de cas,
C'est qu'il ne voudroit pas travailler pour les autres,
Et de tous les Emplois qu'il ne veut que les vôtres.
Ne vous y trompez pas, un homme de son poids,
Vous fait beaucoup d'hôneur quand il prend vos Emplois;
Voilà sans déguiser ses airs & ses manieres,
Il ne vous servira jamais que par prieres,
Aussi luy donnez-vous cinq cens ecus de gages,
Dit-il, sans y comprendre encore ses voyages,
Et par sus tout cela, par un billet exprés,
Cent ecus de pur don pour les petits faux frais;
Il n'accepte de plus un Employ si modique,
Que par quelques raisons de pure politique,
Et qu'il a pris moitié d'interest au Traité,
Lorsque vous l'en avez si fort sollicité:
Si la chose n'est pas, du moins il nous l'avance,
Avec un certain air de sotte nonchalance,
Qui feroit croire aux fous que cet original,

* *On écrit ainsi* extr-ordinaires.

Ne depend point de vous & qu'il est vostre égal
  Mais avant de quitter l'article du Controlle,
De grace voyons-le jolier un peu son rolle.
Devons-nous oublier le stile merveilleux
Dont il retablit l'ordre & la regle en tous lieux ?
Remarquons à loisir l'admirable methode,
Dont tout entre ses mains d'abord se racommode,
Pour nous y conformer toûjours à l'avenir,
Et pour en conferver le rare souvenir.
Contemplons ce grand homme & sa belle maniere,
Pour rendre tout d'un coup le lustre à cette affaire.
  *Il revoque d'abord tous les mauvais Commis,
.. Mauvais .. s'entend tous ceux qu'il n'a point pour amis.
Non, je me trompe encor. . les mauvais.. c'est-à-dire,
Ceux qui de leur employ ne donnent rien à frire,
Ces grossiers qui n'ont pas l'esprit de concevoir
Ce qui manque aux Commis pour faire leur devoir.
  Témoin un Preponier, Controlleur à Sancerre,
Qu'il ne trouva qu'un âne, & petit ver de terre,
Qu'il eût pris cependant pour Docteur à coup seur,
¶ S'il avoit étalé deux quarts de Saint Satur :
Vn Dobin de Vierzon qui d'une main garnie,
Devoit le recevoir avec ceremonie,
Vn Controlleur de Meun, un Blondet d'Argenton,
Qui ne daignerent pas luy jeter un teston,
Vn faquin de Branceau de la Ville de Selles,
Et de Châteaumeillant, un lourdaut de Chefelles,
Qui se persuadoient conferver leurs Emplois,
Sans le gratifier d'aucuns petits droits,
† Témoin encore au Blanc un pauvre Bonneliere,
Qui pendant quatre jours luy fit la chere enciere,

  * *Regie de Cord il.*

 ¶ *Le vin de S. Satur & de Chavignole font les meilleurs du Sancerrois.*

  † *Cy-devant Controlleur au Blanc.*

Et qui fut affez fou de payer à l'Ecu,
Les frais de fon cheval & de fon poulfecul ;
Tout le remerciement d'une fi bonne aubeine,
Fut de le revoquer dés la même femaine,
Cet homme eft cependant un trés-digne fujet,
Et s'il eut de Cordeil Pronoftiqué l'objet ;
Il eut pu fans façon gagner fa Seigneurie,
Par les mêmes endroits du brave * la Iarie.
La Charité-fur-Loire offre encore un ¶ Berger,
Que ce lache voulut d'abord déménager,
Pour des motifs fi vains & fi pleins d'impudence,
Que je veux par bonté les paffer fous filence,
Et tout le monde peut remarquer d'un coup d'œil ;
Que cet homme eft beaucoup audeffus de Cordeil ;
Enfin il ne faut point qu'icy je le déguife,
Autre capacité feurement n'eft requife,
Que d'avoir le grand art de le bien contenter,
Meffieurs les Controlleurs voilà fans contefter,
Tout le latin ici qui vous eft neceffaire,
Sçachez pour vos Emplois ce que vous devez faire,
Voici pour les avoir l'infaillible fecret.
Primò c'eft de payer les frais du Cabaret,
Secundò, le traiter avec toute fa fuite,
Les deux premiers moyens pour avoir du mérite,
Tertiò de mettre és mains du Sergent qui le fuit,
Quelques petits Teftons écartez du produit,
Il ne les reçoit pas de crainte d'infortune,
Mais tout vient à la fin dans la bourfe commune.
Quartò de convenir de mettre tous les ans,
Es mains du Bonneteux quelques petits prefens,
Dont on tient en fecret des memoires fidelles,
Pour en faire acquiter les rentes annuelles,
Ou bien pour revoquer les indignes fujets

* *Eftably à fa place.*
¶ *Cy devant Controlleur à la Charité.*

Dont ils ne feront pas pleinement fatisfaits,

Eh bien, que dites vous d'une telle method:!
Trouvez-en de pareille au Digefte & le Code,
Mignon qui dirigés & qui racommodés,
Eft-ce là mon Docteur comment vous l'entendez :
Ne croyez pas icy cependant vous en rire,
Et fçachez une fois le profit qu'il en tire,
Vous avez déja vû la Lifte des Sergens,
Voyez prefentement celle de fes prefens.

  * Le Commis de Sancerre en païs de vignoble,
Comme ayant du Berry le Bureau le plus noble,
Donnera quatre quarts de vin de Saint Satur,
Celuy de Cône étant tant foit peu plus rotur,
N'en fournira que deux du crû de Chavignole,
Pour pouvoir feurement exercer fon Controlle,
Le Commis de Vierzon pour armer fes valets
Offrira deux Fufils & quatre piftolets ;
Le Controlleur des Aix, Beau-frere d'un Chanoine,
Enverra tous les ans un cent fourni d'Avoine ;
Celuy de Dun-le-Roy, qui n'eft qu'un vray tondu,
Luy fournira des œufs & du beure fondu ;
Duchet pour conferver toûjours fes bonnes graces,
Donnera des aigneaux, des perdrix & beccafles ;
Le Commis de la Châtre excomptra tous les mois,
Vne petite part de tous fes petits droits,
Celuy de Chateau-roux fera fa fourniture,
De quatre aunes de drap de la Manufacture ;
Le Commis de Belabre aura foin tous les ans,
De luy faire tenir deux couples de faifans ;

  * On fait donner à chaque Controlleur ce qui eft propre
au lieu, comme a Sancerre du vin, à Vierzon des Armes, à Château-roux du Drap, aux Aix de l'Avoine,
&c. Tous ces prefens font a l optez fuivant les memoires,
rien n'y a été changé ; & ceux qui font du Berry le
connoîtront aifément.

Celuy de Chatillon qui meprise le lucre,
Metra tous ses profits à le fournir de sucre ;
Le Controlleur du Blanc, la source du bon fruit,
Enverra du plus beau que le climat produit ;
Celuy de Saint Savin, homme remply de zele,
Donnera du faux Sel pour frauder la Gabelle ;
Le Commis de Vatan fournira des Chapons,
Celuy de Saint Benoist enverra des jambons,
Celuy de Busançois des prunes bien sucrées,
Et de Selle en Berry, trente langues fourées ;
Le Commis de Levroux, parent de Vialis,
Aura par ce credit tout son Employ *gratis*;
Aubigny fournira des patés de Truites,
Neuvy des saussisons & des Andouilles cuites,
Robin du Chatelet enverra de bon beure;
Et par sus le marché des poulets à toute heure,
Culan où sont toûjours les meilleurs Cordonniers,
Fournira tous les ans trois paires de souliers ;
Boussac & Saint Sever, enverront le fromage.
Argenton donnera du linge à son usage ;
La Guierche fournira deux boisseaux de gros pois,
Et Preverenge aussi trente boisseaux de noix,
Cerilly fera faire une paire de bottes,
Ainay de bonnes peaux pour faire des culottes,
Liniere veut donner tous les ans un porc gras,
A charge qu'il aura les Sceaux & les Regrats;
Sancergues fournira des harans & mouruës,
Des maquereaux salés avec des cochigruës,
La Charité fera voiturer des liqueurs,
Pour rendre à ce heros la force & la vigueur ;
Valencay donnera des amendes nouvelles,
Le Commis de Lucay cent livres de chandelles ;
Cencoins dont le produit est un petit tresor,
Offrira sans manquer tous les ans un castor,
Asniere dans l'eté fournira de la crême,
Avecque des œufs frais pendant tout le Carême,

Le bouriquet de Meun tous les Lundis matin,
Herbes, choux & navets, tout plein un mancquin;
Pour mettre dans son pot le long de la semaine;
La Chapelaude encore est une bonne aubeine,
Pour faire voiturer du veau de Monluçon,
Et même dans le temps du raisin à foison;
Argent & Concressant tous deux en seront quittes,
En mandant de Roüen dix pots de noix confites;
Saint Martin d'Auxigny donnera des levrauts,
Baugy de son jardin les plus gros artichauts;
Nerondes de canards des dousaines entieres;
Duvijon enverra des pigeons de volieres,
Les olives viendront du Commis de Vailly,
Et deux quarts de vin blanc de celuy de Reuilly,
Charenton donnera souvent des bigarades,
Pour luy faire le soir quelques capilotades;
Château-neuf fournira le bois & les fagots;
Le Commis d'Issoudun dont le produit est gros,
Chargera sans manquer tous les mois sa boutique,
De la provision du petit domestique,
Mirbeau pour son bidet donne tout l'atirail,
Sur un valable acquit pour le reste du Bail;
Le Commis de Paluau, celebre Apoticaire,
Lui seul à la regie est le plus necessaire;
Suffit qu'il soit expert au grand Art Venerien,
Pour que son Directeur ne luy demande rien;
A charge qu'au besoin sa fameuse Boutique
Fournira sans argent la Ptisanne mystique,
Et qu'il s'obligera de le rendre bien net
Des restes infectés de sa Manon Iosset.
Mais pour Bourges enfin où la dépense est grande,
Il doit fournir luy seul tout le pain & la viande;
A l'égard du surplus, qui sont petis Bureaux,
Ils seront revoqués comme de francs marauts,
S'ils ne donnent selon leur petite puissance

Quelques petits prefens de peu de confequence.
Voila felon mon fens, un beau Calendrier,
Et ce qu'on y doit mettre, y paroift tout entier :
Trouvez une Cuifine en France mieux garnie,
Cordeil ne peut-il pas faire en ceremonie,
Des feuls revenans bon de fon illuftre Employ
Des Feftins preparés à regaller un Roy ?
Si vous voulez encor repaffer cette Lifte,
Dont ie ne fuis, ma foy, qu'un fidele Copifte,
Vous trouvrez bien de quoy l'habiller de fon long,
Sans débourfer un fol, ny roucher à fon fonds.
Et que luy manque t'il dans fa vigne abondante ?
Qu'un malheureux Bureau pour payer fa Servante,
Avec le Ramoneur qu'il a pris de nouveau,
Pour mener fon Mulet & fon Cheval à l'eau.
Qu'on blâme aprés cela la charmante regie,
D'un homme qu'on taxoit tantoft de léthargie ;
Voyez-vous une regle & quelqu'ordre plus grand ?
Cordeil avec ce ftile eft-il un ignorant ?
Voila fans faire icy le guoguenard de Table,
Le Docteur des Docteurs, & l'homme ineftimable :
Le dernier Directeur, dont les fots faifoient cas,
Ma foy n'eftoit qu'un afne, & ne meritoit pas
Décroter les fouliers, & d'allumer la lampe
Du celebre Docteur de la nouvelle trempe ;
S'il avoit deux ou trois de ces Directions,
Qui pourroit debiter tant de provifions ?
Vous en venez de voir l'affreufe Litanie,
Que ie n'ay pas pourtant encor toute finie ;
Mais ie paffe le refte avec difcretion ;
A l'égard toutefois de la Direction,
Qu'elle marche fon train, que voulez-vous qu'il faffe,
Ce n'eft pas là de quoy le Docteur s'embaraffe,
C'eft affez qu'il ait mis la regle & le bon ordre,
Perfonne à l'avenir n'y peut trouver à mordre :

M

A quelque fou, ma foy, d'y travailler si fort,
Suffit que les presens arrivent à bon port,
Et que les Controlleurs, par leur reconnoissance,
A bien tirer les droits marquent leur vigilance :
Mais si dans cette Ferme il ne fait pas grand fruit,
Il ne laissera pas de faire bien du bruit ;
Beaucoup d'éclat par tout, & beaucoup de voyages,
Pour faire seulement vider les arrerages.
Pour ce pauvre Controlle exercé dans ce lieu,
Qu'il aille encore un coup à la garde de Dieu.
   Comme il est cependant tout-a-fait impossible
Que d'une heureuse Paix le succes infaillible,
Ne le fasse augmenter d'un bon tierc, pour le moins,
Cordeil attribuëra ce succés à ses soins ;
Ce sera là matiere à bien des gasconnades,
L'on ne verra jamais tant de rodomontades.
Si le produit aussi reste en l'estat qu'il est,
Le Docteur de ce coup ne sera qu'un benest ;
S'il ne l'augmente pas, il n'est pas pardonnable,
Et malgré tout pretexte il est inexcusable.
Croyez-vous toutesfois qu'il manque de raisons ?
Le mauvais temps aura fait manquer les Moissons,
Les Fruits seront perdus, les Campagnes greslées,
Les Vignes en tous lieux auront été gelées,.
Le Paisant est sans pain, le Bourgeois indigent,
Et le Berry sera tout épuisé d'argent :
Les pauvres Avocats, Procureurs & Notaires,
Se morfondront au froid, & n'auront plus d'Affaires :
Le moyen que ces Droits se puissent maintenir,
Si par tant de miseres on est prest à finir ?
S'il n'avoit pas regi cette Affaire en personne,
Qu'il n'eust pas encor pris tous les soins qu'il se donne,
Le Controlle qu'il a tant soit peu r'animé,
Entre les mains d'un autre estoit tout abismé ;
Et même dans un sort si triste & si funeste,

A l'entendre parler, on luy doit bien de refte.
Nous verrons de quel air il pourra gazoüiller,
Et comment le Docteur fçaura s'en débroüiller.
Car enfin dans le fonds, tréve de hablerie,
On dit que fon Patron n'entend point raillerie,
Qu'il a le renom d'eftre un vivant affez verd,
Qui fonde bien avant, & veut toûjours voir clair ;
Qui de fon naturel, dont l'ardeur le feconde,
Veut avoir du produit, n'en fuft-il point au monde.
Si ce fameux Traitant eft tel que ie le peins,
Tous ces raifonnemens pourront eftre bien vains,
Et ma'gré la mifere, & fa verve infenfée,
Ie ne fçay s'il pourra demêler la fufée :
Le pauvre Fils à Pierre a de quoy mediter,
Si la Ferme en fes mains ne va pas augmenter :
Enfin laiffons-luy prendre à loifir des mefures,
Et mettons une fin à toutes ces peintures,
Car fi nous repaffions fes Arts & fes Métiers,
Pour calculer le gain qu'il fait fur fes Huiffiers ;
Toute la vanité fur laquelle il fe fonde,
Parêtroit en plein iour aux yeux de tout le monde,
Pourtant ces pauvres gens font tous bien convaincus
Que cét article feul monte à trois mil écus;
Si nous voulions encore avec fes pilleries
Rapporter en ce lieu toutes fes fourberies,
Dont il a tant donné de marques en tous lieux ;
Que ce dernier portrait fembleroit odieux :
Il vient d'en faire encore une de fraifche datte,
Dont l'horrible noirceur trop hautement éclate,
Pour n'eftre pas l'horreur de tout le Genre humain ;
Apres le tour qui vient de partir de fa main.
I'en paffe par bonté bien d'autres fous filence,
Mais fi celui-cy crie & demande vengeance,
Ie dois continuer encore mon travail,
Et ie me fens forcé d'en faire le détail.

Le pauvre Abbé Charbon, dont l'intereſt m'anime,
De cette perfidie eſt la propre victime.
Vn Guirand luy ſuſcite un procés imprevû,
Pour un bon Prieuré dont il eſtoit pourvû :
Cordeil *autem* couchoit ce Benefice en joüe,
Et voicy clairement la fourbe qu'il luy joüe.

Il cherche ce Prieur, il le voit chaque iour,
Il n'obmet rien du tout pour luy faire ſa cour ;
C'eſt le plus chaud ami qu'il ait en apparence,
Et cela pour avoir toute ſa confiance :
Ce dehors éclatant aboutit ſeulement
A ſe rendre abſolu d'un accommodement;
En effet ce Prieur, qui donna dans ſa feinte,
Luy mit entre les mains ſes intereſts ſans crainte ;
Le fait de ſon procés l'arbitre ſouverain,
Et ſur ſa bonne foy lui donne ſon blanc-ſeing.
Admirez de Cordeil la rare politique,
Pour un homme qui n'a iamais eû de Pratique ;
Et dites-moy ſans fard, ſi les plus rafinés
Ne ſeroient pas ſans doute icy turlupinés :
Avocats, procureurs, & des ames damnées
Auroient fait chicanner mon prieur deux années ;
Cordeil qui luy vouloit épargner tant de frais,
Le met hors tout d'un coup de Cour & de procés.

Iarnebious tout cecy n'eſt pas une chimere,
En faveur d'un Cadet qui ſort du Seminaire,
Avec beaucoup de zéle & de diſcretion,
Il remplit le Blanc-ſeing d'une Demiſſion

O le charmant genie ! ô la rare prudence !
Mais pour ce bon Prieur, ô l'horrible demence !
Contre qui l'on ne peut aſſez ſe recrier,
De ſe laiſſer ſi viſte ainſi deprieurer ;
Car quoyqu'on puiſſe faire, helas plus de remede,
Adieu le Prieuré, le Cadet le poſſede.
Apres cette entrepriſe & le coup qu'il a fait,

Trouvez-moy dans le monde un Filou plus parfait :
Cette déloyauté qu'aucun ne pourroit croire,
Devroit eftre gravée á jamais fur l'ivoire.
Cherchez apres cela, cherchez-moy fon pareil,
Et fur ce coup d'effay connoiffez un Cordeil.

    Mufes fur cet article impofez-moy filence,
Ie conduirois ce fait bien plus loin qu'on ne penfe :
Condamnez moy par grace à me faire un effort,
Qui laiffe deviner le refte de fon fort,
Et par un ordre exprés , où i'ay peine à foufcrire,
A la fin forcez-moy de finir la Satire :
Si ie donnois encore un cours libre à ma plume,
I'aurois affez de quoy faire un autre volume :
Mais qu'il fçache du moins que ie garde en ma maiñ
Matiere á le mener encore affez bon train ,
Et que fans doute il m'eft encore redevable,
D'accorder à fes vœux un fort fi favorable,
Et s'il devient fenfible au bien que ie luy fais,
Malgré tous mes tranfports, ie me tais pour iamais :
Mais la conclufion , & la fin principale
De ce petit Ouvrage, & des Vers que j'étale,
Eft qu'on foit informé que ce lâche Commis
Sacrifira toûjours tout ce qu'il a d'amis,
Et les expofera fans remords tous en proye,
Quand il fera fa Cour au Patron qui l'employe :
Et dés qu'il s'agira d'un petit intereft ,
Il fe fera par tout connoiftre tel qu'il eft.

    Si ce portrait n'eft pas d'une main de grand Maître,
Du moins, pauvre Cordeil, tu peus t'y reconnoître :
Ie fçay bien que c'eft mal te faire icy ma Cour,
Que d'expofer ainfi ta vie en fon plein jour,
Mais reconnois auffi que ta pompeufe Hiftoire
Doit faire apres ta mort revivre ta memoire,
Et que par un deftin conforme à tous mes vœux,
Par les Vers que j'ay faits, tu deviendras fameux.

F I N.

TABLE

De ce qui est contenu dans ce Livre.

CHANT PREMIER.

II. CHANT.

III. CHANT.

TABLE

VI. Chant.

FAUTES D'IMPRESSION
à corriger.

PAGE 8. *Apres le treiziéme Vers, ces deux Vers féminins font oubliés.*
L'ordinaire eft reglé fuivant la loy du Code,
Toûjours foupe à midy, le foir beuf à la mode;

   Page 19. *Vers* 9. *il faut deux fois,* Va va tu me rendras &c.

   Page 40. *Vers* 30. *il faut ofter le premier* leur, *& lire*
Il donne de la forte à chacun leur quartier.

   Page 43 *aprés le premier Vers, les quatre fuivans font transpofés, ce qui fait quatre Vers masculins, & quatre-feminins de fuite : il faut*
Si le jeune Cufin veut travailler pour moy,
Ie l'enverray *rectà* baleyer Dun-le-Roy.
Pour Affe, ce Franc cœur, & cet homme de tefte,
Du Bourg de Charenton il fera fa conquefte
Cretophe Gandolin, &c.

   Page 51. *Vers* 23. *il faut ofter le mot de* fort, *& lire*
Parce que ce Tailleur, qui n'eft pas curieux,

   Page 52. *Vers* 4. *lifez* foutien, *& non* foutient

   Page 53 *Vers* 9. *il faut écrire le mot d'*avec *ainfi,*
Avecque fix fourchettes, &c.

   Page 55. *Vers* 17. à gages, *lifez* à gage *au fingulier.*

   Page 66. *Vers* 20. Que *eft oublié, ainfi lifez*
Que quiconque à mon fçû fe met de fa partie,

   Page 69. *au penultiéme Vers, ôtez* fe, *lifez*
Il forme le deffein de perdre un Directeur,

   Page 78. *Vers* 10. de *oublié, ainfi lifez*
Ce nom n'eft pas plus beau que celuy de Perrette.

   Page 84. *Vers* 9. *au lieu* d'aucuns, *lifez* de quelques

   Page 87. *Vers* 29. des liqueurs, *lifez* la liqueur.

   Page 90. *Vers* 30. miferes, *lifez au fingulier* mifere.

Il peut y avoir encore quelqu'autres petites fautes gißées dans l'impreßion, ausquelles le Lecteur expert sans la mesure du Vers aura la bonté de suppléer.

AVIS AU PUBLIC.

ON débitera cette Piece ; Sçavoir,

A Paris, chez l'Auteur, sur le Quay des Augustins, à la Renommée

A Bourges, chez les sieurs Toubo & Christo, Marchands Libraires.

A Issoudun, chez le sieur de Fleury, ruë St. Iean.

A Chasteau-roux, chez le sieur Laleuf, Notaire.

Au Blanc, chez le sieur de la Hirlandiere, Receveur des Aydes.

A la Châtre, chez le sieur Rivarenne.

A Saint Amand, chez le sieur Rousset, Distributeur du Tabac.

A la Charité, chez le sieur Berger.

A Sancerre, chez le sieur Preponier ; chez tous lesquels on aura soin d'envoyer des Exemplaires suffisamment.

www.ingramcontent.com/pod-product-compliance
Lightning Source LLC
Chambersburg PA
CBHW060434260626
47161CB00005B/1918